Horst Kraberg
Wer nicht sucht, findet auch

Buch

Die humorvolle Lesereise beginnt in den wilden 68er Zeiten, führt durch mexikanische Dschungelpfade, in Kinderläden und Männergruppen, ins Koster und zu steinernen Kultplätzen, berichtet auch von der Sache mit dem lieben Geld und endet vorerst erst einmal in den Zeiten der Großen Finanzkrise.

Mitunter werden bei der Reise auch unerwartete Regionen aufgesucht.

Ein entspanntes Lesevergnügen erwartet sie.

Autor

Horst Kraberg, Nordsee, Berlin, schließlich Nordhessen; verheiratet, zwei erwachsene Kinder. Beruflich war er als Bildungsreferent in verschiedenen Bereichen tätig und organisierte lange Jahre in einer Bildungsstätte ein umfangreiches Veranstaltungsprogramm. Offenheit, Kreativität und Neugier zeichnen ihn aus.

Ehrenamtlich ist er bei einem Kinderhilfswerk und bei der Organisation von Kulturveranstaltungen engagiert.

Horst Kraberg

Wer nicht sucht, findet auch

Ein fast ehrlicher Bericht einer Lebensreise

Bibliografische Information der Deutschen Nationalbibliothek:
Die Deutsche Nationalbibliothek verzeichnet diese Publikation in der Deutschen Nationalbibliografie; detaillierte bibliografische Daten sind im Internet über http://dnb.dnb.de abrufbar.

 Herstellung und Verlag: BoD – Books on Demand, Norderstedt

ISBN: 978-3-751958134

INHALT

Vorwort
Was sie vorher wissen sollten   7

I   Als alles anfing   9

II   Die 68er-Beziehung   15

III   Der Indianer   26

IV   Männer   37

V   Reisen   45

VI   Kloster   67

VII   Die Steine   79

VIII   Die Stellvertreter   89

IX   Die Sache mit dem   97
         lieben Geld

X   Out-door   111

Epilog:
Aufbruch zur neuen Reise   123

Vorwort
Was sie vorher wissen sollten

Wenn sie jetzt anfangen, dieses kleine Büchlein zu lesen, möchte ich gleich ein paar Dinge richtig stellen. Erwarten sie ja nicht, dass ich nun alle intimen Geheimnisse meines Lebens vor ihnen ausbreiten werde. Erwarten sie auch nicht, dass alles, was sie lesen werden, sich genau so abgespielt hat, wie beschrieben. Vielleicht sollten sie sich auch nicht so sicher sein, dass der Autor auch alle Ereignisse wirklich selbst erlebt hat. Vielleicht hat er ja auch nur eine blühende Phantasie und große Ohren, wenn andere tolle Geschichten erzählen.
Das nur vorab.

Erwarten können sie allerdings schon einige recht spannende Ereignisse auf der Lebensreise des Autors (mit einigen mitunter recht unerwarteten Sprüngen), eingebunden in die politischen, kulturellen Geschehnisse seit den 68er Jahren bis in die Zeit als die Finanzen kollabierten.

Ich werde sie mitnehmen auf meine zahlreichen Reisen, werde sie teilhaben lassen an meiner Männergruppe und auch an meinem Klosteraufenthalt, ich werde ihnen die Welt der Steine nahe bringen, sie in die Geheimnisse des Geldes einweihen und ich werde auch von Dingen berichten, über die sonst meist geschwiegen werden muss.

Mit einem Satz: Freuen sie sich auf eine spannende Lesereise.

I

Als alles anfing

„Wie wurde ich eigentlich wie ich bin?" Das war die zentrale Frage als ich damals meinte, nun wäre es endlich an der Zeit, zumindest Teile meiner bisherigen Lebensreise aufzuschreiben.

Allerdings werde ich jetzt nicht damit anfangen hier meinen ersten Schrei als Baby zu Papier zu bringen oder vielleicht noch weiter zurückzublicken, was denn z. B. mein Großvater als Marinesoldat damals gemacht habe oder ähnliches. Nein, anfangen möchte ich meinen Bericht so in der Zeit, als ich anfing, aktiver am Leben teilzunehmen. Das war in den letzten Klassen meiner Gymnasialzeit.

Das erste Mal, dass in der Zeitung mit Foto von mir berichtet wurde (allerdings als Teil einer größeren Gruppe), war bei einer Demo gegen die Notstandsgesetze, die vor allem von uns Schülern organisiert wurde.

Das war damals eine richtige Sensation in unserer doch recht spießigen Heidegegend.

Warum ich mich allerdings schon sehr früh als Schüler für Politik interessiert habe und andere nicht, das kann ich ihnen gar nicht so genau sagen. Ich hatte einfach schon sehr früh – vielleicht angeboren, vielleicht auch von meinem Vater angestoßen – einen starken Drang zur Gerechtigkeit. Wollte mich einfach gern für die „Entrechteten" einsetzen.

Die damaligen politischen Geschehnisse flossen zudem auch in unserer Provinz stark in den Schulalltag ein. Da wurde oft diskutiert, auch wenn der Lehrer das eigentlich nicht wollte. Das war schon eine gute Schulung für mein späteres politisches Leben.

Auch kamen da vielleicht bei mir so pubertäre Auflehnungen dazu.

Wenn da ein autoritärer Pauker kam, dann reizte mich das total, dann versuchte ich gleich gegenzuhalten. Wenn die dann noch von ihren glorreichen Soldatenzeiten erzählten, dann war es ganz aus bei mir. Ein Lehrer, der durfte für mich ruhig kantig sein und seine Linie fahren, aber halt auch mit Respekt vor uns Schülern, sonst hatte ich auch keinen Respekt vor ihm. Manche meinten später, das wäre antiautoritär gewesen.

Ich fand das einfach normal.

Als es damals um die sog. Notstandsgesetze ging, da haben wir dann in unserer Schule schon mal angefangen mit dem selbstbestimmten Lernen und so.

In der Uni in Berlin hat sich das dann fortgesetzt bei mir. Kaum an der Uni angekommen tat ich mich auch schon mit anderen Uni-Neuen zusammen, die auch politisch aktiv sein wollten. Den Gedanken der Räte fanden wir alle als Organisationsform gut und weil es so eine Gruppe noch nicht am Fachbereich gab, organisierten wir uns halt selber, auch wenn wir gerade erst angekommene Erstsemester waren. Es kamen dann auch schnell immer mehr, die bei uns mitmachen wollten. So war ich schnell im politischen Unigeschehen engagiert.

Denken sie nun aber bitte nicht, dass ich so ein stahlharter politischer Kämpfer wurde. Nein, für mich und meine Freunde war damals Politik nicht so eine bierernste Sache. Politik sollte für uns auch Spaß machen. Die Phantasie wollten wir an die Macht bringen, und nicht Leute, die schon alle längst tot waren, wie Lenin, Stalin und so.

Wir waren mehr so für das Lebendige, mit direkter Demokratie und so.

Allerdings muss ich schon zugeben, dass es manchmal für andere recht schwer mit uns war, die Profs hatten es jedenfalls nicht leicht. Wir waren schon recht kritisch, wussten alles besser – das sowieso – dann noch undogmatisch-spontan, kreativ und phantasiereich – und dann auch noch sooo sympathisch – das konnten die Profs aber natürlich nicht zugeben.

Ich glaube, ich könnte jetzt so richtig ins Schwärmen kommen, was für ein toller Haufen wir damals waren. War einfach richtig schön damals.

Klar gab es auch damals doofe Zeiten. So diese Wohngemeinschaftsrunden, die waren schon ätzend. Dieser ganze Psychokram.

Obwohl, wir hatten auch wirklich tiefgehende Diskussionen, so z.B. um die Käsefrage. Ob man den Käse rund oder gerade aufschnitt, hat ja wirklich viel mit der Persönlichkeit zu tun. Im Kleinen steckt das Ganze, oder so.

Taktisch wurde man damals auch richtig gut für das spätere Leben geschult; etwa bei der

Frage des Abwasches.

Soll ja immer noch ein schwieriges Feld sein, hör ich manchmal. Obwohl das heute mit den Geschirrspülern nicht mehr diese Dimension hat wie früher.

Damals in den WGs war das schon eine der dringlichsten Fragen, die Jahrzehnte später dann ganze Kohorten von Familientherapeuten beschäftigen sollte.

Das Küchensystem ist ja ein wichtiger familiärer oder wg-mäßiger Mikrokosmos, in dem sich oft die Familiengeschichten vieler Generationen bündeln und überlagern. Schon damals stellte ich mir die Frage, was eine gute Lösung für den Abwasch sei. Mir war damals sofort klar, es gibt mehr als eine Lösung. Aber klar war auch, jede Lösung wirkt in das Küchensystem zurück und natürlich auch in die WG insgesamt.

Wählte man z.B. den Lösungsansatz, dass man solange wartet mit dem Abwasch bis sich eine mitleidige Seele erbarmte und den Abwasch machte, dann war man bei manchen WG-Frauen oft nicht so gut angeschrieben oder vielleicht sogar als Macho verschrien; das konnte aber natürlich wiederum bei den männlichen WG-Leadern teilweise richtig gut angekommen. Also da konnte es schon Wechselwirkungen geben.

Ich wählte meist eine Lösung, die für alle gut war. Ich überredete die Mitbewohner dazu, doch am besten eine Currywurst essen zu gehen.

Damit sparte ich mir das Kochen und den Abwasch. Und alle waren glücklich.

So einfach können manchmal die Lösungen und das Leben sein. War halt alles damals ganz anders als heute. Wir haben viel multikulturell gekocht. Couscous war bei uns in. Häufig gab es italienische Spaghettigerichte, spezielle französische Flambierpfannen und wenn ich dran war, halt deutsche Currywurst. Damals war das meiste noch nicht ökomäßig, dafür aber multikulturell. Waren halt noch ganz andere Zeiten.

Aber schön, aber schön, war es doch.

Etliche Momente von diesem so überschäumenden, euphorischen Gefühl sind natürlich auch dann Teil meines Ichs geworden.

Ein erstes kleines Antwortpuzzleteil für die Ausgangsfrage, wie ich eigentlich so wurde wie ich bin.

II

Die 68er-Beziehung

Gehören Sie auch zu den berühmt-berüchtigten 68ern?
Ich irgendwie schon.

Diese Zeit hat mein Leben, mein Denken, mein Handeln ein gutes Stück geprägt, bis auf den heutigen Tag. Ich bekenne mich dazu ganz offen, auch wenn das bei vielen nicht so gut ankommt heute und sie vieles, was in ihren Augen nicht stimmt, den 68ern in die Schuhe schieben.

Und irgendwie haben die Kritiker ja auch teilweise recht.

Viele 68er sind wirklich mit schuld, dass man jetzt nicht mehr so große Gewinne mit Atom machen kann, dass es nicht mehr so einfach ist, überall die Landschaft mit Autobahnen zuzupflastern, dass Großprojekte noch einmal gründlich diskutiert werden. Die 68er sind vermutlich wirklich schuld, dass es immer mehr Öko-Produkte gibt und regionale, ökologische Landwirtschaft, hunderttausende von Arbeitsplätzen in der alternativen Stromerzeugung und vieles andere mehr.

Man muss ihnen deshalb natürlich auch nicht gleich einen Heiligenschein aufsetzen. Ich finde auch nicht alles gut, was die so machen.
Aber die Grundrichtung stimmt in meinen Augen.

Mein Zugang zu den 68ern war ja mehr so gefühlsmäßig.
Ich fand das damals schon irgendwie steif und auch manchmal recht bieder in Deutschland. Das Ganze mit dem korrekt geschnittenen Rasen, den man dann doch nicht betreten und auf dem man schon auf gar kein Fall Fußball spielen durfte. Vieles war auch schon sehr streng und autoritär, nicht nur in der Schule und beim Militär, sondern auch in der Uni oder in vielen Firmen.
Als sie dann z.B. in einer Uni bei einer hochheiligen Feier so ein Spruchband entrollten: „Unter den Talaren Muff von 1000 Jahren" oder als dann der Fritz Teufel vor Gericht, weil er zuerst nicht aufstehen woll-

te, beim Aufstehen seinen geilen Spruch los ließ: „Wenn es der Wahrheitsfindung dient", da dachte ich schon bei mir, irgendwie haben die recht, ein bisschen Aufbruch in Deutschland könnte wirklich nicht schaden.

Dass es dann manchmal auch recht heftig kam, tja, es geht halt nicht alles glatt.

Heute wollen ja manche Leute alles wieder zurückdrehen, was durch die 68er so losgetreten wurde. In der Atompolitik hätte es ja fast schon geklappt, da brauchte man ja auch nur mit ein paar Energiebossen ein paar Absprachen treffen. Bei der Kindererziehung ist das schon irgendwie schwieriger, etwas rückgängig zu machen. Wer einmal – wie viele 68er - so ein bisschen antiautoritär und manchmal sogar direkt-demokratisch gedacht hat, dem fällt es halt schwer, so richtig autoritär zu handeln und wieder Zucht und Ordnung in die Schule zu bringen. Für die 68-Kritiker setzte damals dann die Verlotterung des ganzen Gesellschaftslebens und der Werteverfall ein, eine Neid-Kultur sei entstanden (mit Neid z.B. auf die hart erarbeiteten Gewinne der Konzerne oder auf die Bonusse der Bank-Manager), selbst Parlamentsbeschlüsse würden seitdem kritisiert; Verfall überall sei nun zu sehen.

Ich sehe das allerdings nicht so. Was mir heute fehlt, ist eher Respekt in allen Bereichen. Respekt für Schüler und auch für Lehrer. Respekt für Menschen in schwierigen Lebenssituationen. Respekt für Menschen in Arbeitslosigkeit, im Alter, im Rollstuhl oder bei Behinderung. Respekt für Menschen aus anderen Ländern, mit anderer Sitte und Kultur.

In Sachen Respekt, da habe ich viel von den 68ern gelernt. *Das werde ich doch wohl mal sagen dürfen, oder?*

Es gab bei den 68ern auch ein paar Themen, die mir besonders am Herzen lagen.
Das war vor allem der Protest gegen Aufrüstung und gegen die Kriege der Großmächte, die diese gegen Länder der Dritten Welt *(so hieß das damals noch)* führten. Insbesondere der Krieg der Amerikaner gegen Vietnam hat mich mächtig empört. Vor allem die Bombardierungen mit Napalm und viele andere Kriegsgeschehnisse gegen die Men-

schenwürde haben mich emotional sehr aufgewühlt. Da musste ich einfach protestieren und demonstrieren.

Ich glaube, ich war nie so oft auf dem Kudamm wie in dieser Zeit; ich wohnte ja sonst in Kreuzberg, und das Kaffeetrinken im Kranzler konnte ich mir vom Bafög nicht leisten. Demos vorm Kranzler waren dagegen kostenlos.

Dieser ganze Vietnamkrieg, der hat doch viele Spuren hinterlassen, auch in meinem Denken. Irgendwie hat sich da bei mir so was eingespeichert: *Die geballte Macht kann auch nicht alles erreichen, wenn ein Volk sich im Widerstand einig ist. David schlägt manchmal Goliath.*

Vielleicht kann man doch als kleines Rädchen etwas bewirken; wäre vielleicht gar nicht so verkehrt manchmal.

Und dann gab es bei den 68ern so einen Bereich, der hat mich irgendwie neugierig gemacht. Das will ich jetzt gar nicht verschweigen. Das war der Bereich der sogenannten „Sexuellen Revolution". Sie wissen schon, das Ganze mit der Kommune I und mit diesen Wohngemeinschaften und so. „Wer zweimal mit der Gleichen pennt, gehört schon zum Establishment"; das war ein geiler Spruch, fand ich.

Gehe ich so falsch in der Annahme, dass Sie, lieber Leser, dieses Thema auch irgendwie interessiert?

Sie kennen doch sicher auch dieses Foto der Kommune I, wo alle nackt vor einer Wand stehen, oder? Und diese Uschi Obermaier; tja, die hat schon was. Ich denke mal, das hat – neben mir - schon insgesamt viele andere auch interessiert damals. Nur wollen das vielleicht einige bis heute nicht so richtig zugeben. Irgendwie ist ihnen das vielleicht peinlich, und es ärgert sie, dass diese 68er sie dann auch noch als spießig abgetan haben, obwohl dies z.B. sexuell oft gar nicht der Fall war.

(Nach meinen Recherchen ging es in den 50er und 60er Jahren in allen Schichten und Gruppen der Gesellschaft häufig recht partnerwechselhaft zu.) Ich persönlich hatte trotz allem ja eher so ein gespaltenes Verhältnis zu der ganzen sexuellen Befreiungssache. Irgendwie fand ich das schon sehr interes-

sant und spannend, aber vieles bei dieser so genannten sexuellen Befreiung fand ich auch irgendwie macho-like. Ich habe da lieber an meiner Softie-Linie festgehalten. Und außerdem klappte es bei mir mit den Frauen schon mit einer nicht so richtig; da war gar keine Möglichkeit zum Wechsel.

Ich stellte mich irgendwie zu blöd an und verfluchte, dass ich immer nur auf Jungengymnasien gegangen war; wie soll man denn dann so ein lockeres Verhältnis zum weiblichen Geschlecht entwickeln.

Ja, irgendwie war das Ganze eigentlich so eine richtige Macker-Theorie mit der sexuellen Befreiung, fand ich. Die Macker holten sich die besten Bräute, verkauften das dann noch als fortschrittlich und man selber stand als begossener Pudel im Regen. Wo war denn da die viel beschworene Gleichheit und Brüderlichkeit, he?

Das Ganze brachte zudem noch fürchterlichen Stress für mich. Alle um mich herum lernten ständig neue Frauen kennen, und bei mir klappte es noch nicht mal mit einer.

Ich sah halt – besonders damals – auch schon die Schattenseiten der sexuellen Befreiung. Gut, dass ich da zumindest meine Softie-Theorie hatte. Nicht, dass ich gar nichts mit Frauen zu tun hatte. Nein, die kamen sogar zuhauf in meine „Sprechstunde". Ich konnte ja auch wirklich gut zuhören und verstehen.

Ich war so ein richtig guter Kumpel. Ist doch auch was Tolles, oder?

(*Trauen Sie mir wirklich zu, dass ich das toll fand damals? So übel war ich nun doch nicht drauf.*)

Irgendwann hat es dann doch geklappt – mit einer; immerhin.

Ich glaube, wir waren beide so besoffen, dass wir gar nicht mehr reden und ich nicht mehr verstehen musste, sondern einfach nur gehandelt habe.

War eigentlich gar nicht so kompliziert, wie ich es mir immer vorgestellt hatte.

Irgendwann habe ich mir dann danach auch die Theorie der „Sexuellen Befreiung" noch einmal genau angesehen und auch ein paar gar nicht so negative Punkte gefunden. Ich bin ja auch irgendwo lernfähig. Es hat dann auch bei mir so eine Art kleine Kontinentalverschiebung gegeben. Das Frauenverstehen stand nun nicht mehr so im Mittelpunkt, ich versuchte jetzt mal mehr Verständnis für meine eigenen Interessen und Bedürfnisse zu haben. Ich glaube, ich wollte mich auch nicht so ganz von einem großen Teil der Männerwelt abspalten. Außerdem wollte ich auch irgendwie dem Fortschritt der sexuellen Befreiung nicht im Wege stehen.

Man muss sich schließlich auch ein wenig anpassen, und ab und zu will man doch auch seinen Spaß haben, warum lebte man denn sonst auch schon in so einer lockeren Zeit. Und manchmal muss man vielleicht auch mal ein bisschen mehr Macker als Softie sein, oder? Obwohl, so ein richtiger Macker war ich nie.

Die Frauen, die das behaupten sollten, denen glauben Sie bitte einfach nicht.

Nach einiger Zeit war mir die „völlige" sexuelle Befreiung dann aber auch emotional irgendwie zu anstrengend. So ab und zu auch mal ein bisschen mackrig zu sein, ist ja vielleicht gar nicht so ganz schlecht, aber eigentlich bin ich ja doch eher so ein softerer Typ. Da stehe ich auch zu.

Im Grunde genommen sehe ich mich sowieso als einen ganz normalen netten Typen mit Ecken und Kanten, mit Härte und Weichheit, mit Offenheit, Verständnis und Verantwortungsgefühl und mit ganz viel Herzlichkeit. Ich bin halt einfach nur so ein normaler richtig toller Mann, oder?

Obwohl, es gibt da auch so Dinge in einer Beziehung, die kann ich überhaupt nicht ab, da werde ich richtig krötig *(T'schuldigung Tierfreunde),* kratzig.

Und das ist, wenn da eine kommt, mir die Arme eng um den Hals legt und mir dann ins Ohr säuselt: „Lass uns jede Minute zusammen sein."

Da hol ich dann gleich meine Mackerseite raus, mache recht unsanft die Zwangsjacke auf und befreie mich – *haste nicht gesehen* – aus diesem Schraubstock. Ich finde, man muss sich noch solo spüren können, auch in einer verbindlichen Beziehung.

Wenn Sie da noch Fragen zu haben sollten, dann lesen Sie vielleicht mal das Buch von Erich Fromm „Die Kunst des Liebens". Ist aber keine Anleitung für unterschiedliche sexuelle Stellungen, wie ich auch zuerst gedacht habe.

Hab es deshalb damals auch gleich wieder weggelegt, nachdem ich es gekauft hatte. Jetzt im reifen Alter war ich recht begeistert davon; man ist ja auch jetzt nicht mehr ganz so gelenkig wie damals, gelle?

Wenn du festhalten willst, verlierst du, -
wenn du gibst, ohne etwas zurückzuerwarten, erhältst du die Liebe.

Das ist für mich die Quintessenz aus diesem Buch. Hört sich nach einer einfachen Lösung an, die aber – wie alle einfachen Dinge – schwer zu machen ist; ist sogar äußerst schwer. Glauben Sie mir, ich versuche es schließlich schon, seitdem ich 15 wurde.

Und dieser ständige Versuch mit all seinen so schönen, aber auch bisweilen so bedrückenden Erfahrungen, ist natürlich auch ein Teil meines Ichs geworden.

III

Der Indianer

Mit dem Indianer fing es damals bei mir an, dass die geistigen Winde teilweise in ganz neue Richtungen wehten.

Es war in der Endphase meines Politikstudiums, als ich durch begeisterte Schilderungen von Bekannten auf einen Workshop mit einem Indianer stieß.

Das war so eine richtige geheime Sache. Man durfte nichts nach draußen kundtun, alles sollte vollkommen „im Raum bleiben". So secret war das damals. Das ist ja auch schon lange her; da gab es noch gar kein wikileaks, da drang auch wirklich nichts nach außen.

War damals gar nicht so mein Ding mit der Geheimhaltung, ich fand es sogar richtig gemein. Da passierten für mich ganz neue Dinge, die ich wirklich toll fand, und dann durfte ich nichts davon erzählen. Die anderen würden es schon spüren, sagte der Indianer immer.

Mich spürte ich zumindest richtig gut. War kein Humbug. Brachte mich auch wirklich weiter. Ich erkannte zuerst mal meine Grenzen. Sah, wie ich mich so verdammt einschränkte. Und wenn ich manchmal in den Übungen so richtig aus mir raus ging, dann bekam ich auch schon ein gewisses Gespür, was alles in mir drin steckte. Ja, es ging mir richtig, richtig gut.

Da war eine Power im Raum, die kam auch durch die mehr als hundert anderen Indianerlehrlinge zustande. War so ein richtig tolles Gefühl.

Das bekommt man nicht alle Tage hin; geht nur mit allen zusammen.

Und der Indianer, der hatte es auch richtig gut drauf. Er hatte auch einige ganz klare Regeln, z.B. die mit der Pünktlichkeit. Und es kamen alle wirklich pünktlich, und das im damaligen Berlin. Allein das war schon eine kleine Sensation.

Der war so straight und klar. War auch so ein drahtiger Typ. Ein Indianer halt; nur ohne Kluft, mehr so im Geist.

Klar, dass die Frauen ihn alle anhimmelten. Aber er war auch nicht so ein Guru-Typ. Oder wenn er doch ein Guru war, dann machte er es so gut, dass ich das einfach nicht merkte. Das war mir wirklich wichtig, denn ich bin ja eher undogmatisch gepolt, wie Sie ja inzwischen wissen.

Ja, dieser Indianer aus den USA; der war schon echt ein toller Typ.

In seinem Workshop habe ich mich in vielen Bereichen ganz neu erfahren und angefangen auch mehr über psychische, zwischenmenschliche Themen nachzudenken. Es war der Anstoß zu einem langen Prozess.

Als ich später dann wieder aus der Indianerglocke herauskam in das brandende Leben, da spürten die anderen auch gleich, dass mit mir was passiert war. Und ich selbst merkte es natürlich auch.

Ich hatte für 48 Stunden so eine tolle Klarheit und sah alles mit so einer Art Adlerblick. Alles sagte mir etwas. Ich sah die Dinge nur kurz an, und ich drang gleich in die Tiefe. Jeder Baum, jeder Grashalm, einfach alles sagte mir was.

Ich war mit allem auch viel mehr verbunden. Fühlte mich viel offener und freier.

Und glauben Sie mir, das war einfach ein sehr schönes Gefühl.

Wie gesagt, die andern spürten auch, dass da was abging mit mir und wollten natürlich wissen, was da abging. Ich durfte aber nach wie vor nichts sagen. War schon gemein.

Ich glaube, dass es auch eine verdammt gute Werbestrategie des Indianers war. Habe später gehört, dass die Kurse immer proppevoll waren.

Der Indianer hat mich dann noch jahrelang begleitet in meinem Leben. Ich habe an den Workshops immer in großen Abständen teilgenommen. Ich musste immer erst mal wirken lassen, was er – und ich – angestoßen hatten.

Bei vielen Übungen ging es darum, über seine Grenzen zu gehen, neue Ufer und neue Seiten zu finden und halt immer mehr das ganze eigene Wesen zum Ausdruck zu bringen.

Ein Workshop ist mir noch besonders im Gedächtnis geblieben. Es ging dabei darum, Dinge zu tun, die man noch nie gemacht hatte, weil man sie sich einfach nicht getraut hatte, die man aber eigentlich schon ganz gern mal machen würde.

Um hier doch mal die Geheimhaltung ein wenig zu lüften, erzähle ich Ihnen mal kurz eine meiner Aufgaben, denn die passierte so wie so in größerer Öffentlichkeit, nämlich in einem Schwimmbad in Hessen. Es ging um einen Sprung von 10m-Brett. Ich habe das Sprungbrett damals gewählt, denn Bungee-Jumping war zu der Zeit noch nicht so in. Sonst hätte ich das natürlich ausgewählt, zumal es ja auch viel easier ist, man hängt ja an einer Sicherheitsleine. Ich bin ja eigentlich nicht so ein absolut wagemutiger Typ, liebe auch die hohe Geschwindigkeit nicht so besonders und zudem wurde mir damals noch schnell schwindelig. Es waren also die besten Voraussetzungen für eine Mutprobe. Und ich habe mich getraut – schon nach dreißig Minuten – toll was. Taumelte danach zwar aus dem Wasser und war leicht grün im Gesicht, hatte aber als Farbausgleich dafür einige blaue und rote Stellen. Und trotzdem war ich doch irgendwie zufrieden mit mir. Wo ist die nächste Herausforderung – ich bin bereit!

Ich muss allerdings schon zugeben, die Gruppe war bei vielen Herausforderungen unterstützend im Hintergrund. Das hat mir schon sehr geholfen, es macht zumindest manches ein wenig einfacher und gibt einem vielleicht den notwendigen letzten Kick. Obwohl, am Point-of-no-return bist du immer allein. Es würde auch gar nicht klappen, wenn Dir jemand dabei das Händchen halten würde, auch wenn das Händchen noch so süß wäre.

So ganz easy waren alle Grenzüberschreitungen nicht. Aber ich habe sie geschafft – ich!!!!!!!!!! Ich habe sie gemacht.

Ich ganz allein.

Auf eine Sache müssen Sie dabei jedoch fürchterlich aufpassen. Sie müssen aufpassen, dass Ihnen nicht die Brust platzt vor Stolz. Die Gefahr ist manchmal recht groß. Aber keine Angst. Die Gruppe holte einen gleich zurück, das sind ja genau so tolle Männer und Frauen wie man selber, die haben das ja auch alle geschafft.

Wenn Sie das Ganze auch mal interessieren sollte, dann nehmen Sie doch einfach selber mal an so einem Kurs teil.

Aber beeilen Sie sich. Das soll bald der letzte Kurs sein, der stattfindet. *So heißt es zumindest im Umfeld ----- (seit 25 Jahren).*

Mein Indianer ist ja übrigens nicht der Einzige. Da gibt es noch viel mehr, die ähnliche Kurse anbieten. Auch die aus Südamerika sollen ja ganz toll sein, habe ich gehört.
Aber ich bin nicht so ein Typ, der auf jeder Indianerhochzeit tanzen muss.
Ich habe da meinen und der reicht mir.

Eine Sache, die gibt es bei den Indianern, da bin ich selbst noch nicht so richtig klar mit. Das sind die Schwitzhütten.
Ich habe selbst schon mal bei zwei Schwitzhütten mitgebaut, so mit Weidengeflecht – die Form wie beim Iglu – Decken drauf, Loch in der Mitte, dann erhitzte Steine rein. Man selbst ist dann ganz eng drin mit anderen, alles ist dunkel und es ist verdammt heiß – heißer als in der Sauna.

Wie es drin ist, weiß ich nur aus Erzählungen, denn ich selbst habe mich noch nie rein getraut. Ist mir zu heiß. War zumindest bis jetzt immer zu heiß für mich.

Obwohl, irgendwie würde es mich schon reizen, das zu erleben. Alle, die mal bei einer Schwitzhütte dabei waren, waren absolut begeistert.

Wie neu geboren sei man. Es sei einfach phantastisch, *aber halt schon sehr heiß*. Es soll eine Reinigung sein, für den Körper und für den Geist. Denn es wird oft angeleitet nach alten Indianer-Zeremonialritualen.

Wenn ich diese strahlenden Augen der Teilnehmer jedes Mal sehe, diese Power – irgendwie hätte ich das auch gern.
Ist aber halt sehr heiß, leider.

Ja, diese Indianer, die haben schon was Tolles. Diese ganzen Zeremonien mit den Himmelsrichtungen, mit Elementen und so und diesen ganzen Outdoor-Sachen. Bei einem Ritual war ich mal dabei, da sollte ich meinen eigenen Baum finden und darüber auch meine Lebensziele. So unter einem Baum zu sitzen und in allen Himmelsrichtungen etwas über sich zu erfahren, das hat schon was, ehrlich.

Doch diese Indianer, die zu uns zu Workshops kommen sind eine große Ausnahme. Leider gibt es von diesen straighten, strahlenden Indianern in den USA nicht mehr viele. Auch ihre großartige Kultur ist sehr am Schwinden. Dafür steigt die Zahl der alkoholabhängigen Indianer stetig. Oft werden sie sogar noch von ihren kargen Reservatsgebieten vertrieben, wenn da Öl oder Erze gefunden werden. Ich finde das wirklich mehr als deprimierend.

Was bleibt ist allerdings die Erinnerung an ihre großartige Kultur. Schon als Junge haben mich die Rituale der Indianer fasziniert; vor allem die Rituale, wenn ein Junge zum Mann wurde.

Dann ging er allein zu einem heiligen Ort, eine ganze Nacht oder länger und wartete auf Zeichen oder Visionen. Der Medizinmann deutete dann die Zeichen. Es gab wohl auch noch für den Jungen andere schmerzvolle Rituale, und dann war er nach bestandener Prüfung vollwertiges Mitglied der Gemeinschaft und als Mann anerkannt.

Bei uns gibt es ja so etwas gar nicht (oder gar nicht mehr?).

Die Konfirmation war in unseren Landen ja früher leider nicht viel mehr als die Erlaubnis des Vaters, dass jetzt auch Schnaps getrunken werden durfte.
Dann war man voll-wertig.

Heute warten die Kids ja meist gar nicht mehr diesen Zeitpunkt ab, der voll-wertige Rausch kommt oft schon früher. Vom Komasaufen will ich hier erst gar nicht reden, das überlasse ich lieber der Bildungspresse.

Anstelle der Einweihungskämpfe der Indianerjungen mit den Nachtdämonen werden bei uns leider allzu oft reale Kämpfe mit z.T. brutaler Gewalt geführt. Dann gilt man auch als Erwachsener.

Ich finde dieser rituelle bewusste Übergang vom Jungensein (oder auch vom Mädchensein) zum Mannsein (oder Frausein), so wie ihn die Indianer und auch andere indigene Völker vollziehen, das fehlt in unserer Kultur. Wäre gut, wenn sich da mal auch bei uns was Neues entwickeln würde, natürlich ohne Brutalität und übermäßigem Saufen, aber schon mit einem guten Kick.

Tja, und mit den Indianern beim Workshop, auf dem Muttrip und unterm Baum, das war schon toll für mich.
Ich glaube, ein bisschen von ,meinem Ich' habe ich dabei schon gefunden.

IV

Männer

Eines ist mir damals noch lange im Kopf
geblieben von den Indianern:
Dieses Bild von den wirklich straighten,
strahlenden Indianermännern und ihren vo-
rangegangenen Kämpfen auf dem heiligen
Berg beim Erwachsenwerden.
Das fand ich alles einfach sehr faszinierend.

Ich war jedoch lange so eine Art Softie, fühlte mich mit der Frauenbewegung solidarisch
und verurteilte   mackriges Verhalten von
Männern.

Z .B. beim Jan aus unserer Gruppe, der war
auch so ein richtiger Machotyp aus Holland.
Und der hatte mir mal im Vertrauen und irgendwie auch ganz stolz gesagt, dass er immer mit vielen Frauen ins Bett gehe und dass
die fast alle dick in der Frauenbewegung
aktiv seien.
*Ich wusste es! Manchmal reicht die Theorie
vielleicht dann doch nur bis zum Bettvorle-
ger.*

So sind sie halt manchmal die Männer, und manchmal auch die Frauen.

Ich bin später die ganze Geschlechtergeschichte dann mehr von der praktischen Seite angegangen: als Vater.

War schon ein ganz schöner Einschnitt damals so mit dann eher fester Beziehung und Kind. Geheiratet haben wir deshalb natürlich noch lange nicht und haben immerhin noch weiter in einer WG gewohnt; nichts da mit Kleinfamilie.
Damit das Ganze dann auch nicht so spießig wirkte, haben wir gleich einen Kinderladen gegründet, mitten im Szenekiez.
Wenn schon, denn schon!

Da waren dann auch ein paar richtig angesagte Kneipen in der Nähe. Manche waren schon recht ‚heiß‘ mit richtigem Sand auf dem Boden, halt so in Richtung „unterm Pflaster ist der Strand“. Auch der Szenemarkt war gleich ein paar Meter weiter, so mit den ersten Öko-Lebensmitteln, klaro.

Damit die Kleinen dann nicht so einseitig weiblich erzogen wurden, bin ich dann oft als männlicher Elternteil dabei gewesen – hab gekocht – *allerdings nicht flambiert und Currywurst gab es auch nicht* – sauber gemacht - *also all diese männlichen Sachen* – und durfte auch immer als starker Mann den Bollerwagen ziehen.

Und was machte man damals noch so als junger Vater? Ich meine jetzt, außer dass man das Baby auf der männlichen Brust rumrobben lässt, es windelt und die Schaukel schaukelt?

Man trifft sich mit anderen Männern, tauscht sich aus, so von Mann zu Mann und von Vater zu Vater und über die eigenen Väter und die Großväter und so.
War eine nette Truppe, unsere Vätergruppe.

Es ging viel um die Gefahren der Kleinfamilie und wie schnell man da reingeraten und wie man sich dagegen wehren könnte.
Ist alles gar nicht so einfach, wirklich.
Es ging um Fragen wie Großfamilie, feste Beziehung und offene Beziehung und ab und zu ging es, glaube ich, auch um die Kinder.
Also um so Fragen, dass manche Kinder nicht so richtig höflich waren zum eigenen

Kind, sondern richtig aggressiv.

Also hallo, das geht ja nun gar nicht, klar?

Natürlich ging es auch immer um die Frage: Muss man sich jetzt mit dem Kind irgendwie einschränken in seinem Leben? Oder manche fragten sich, wie lange Kinder mit in die Kneipe mitgenommen werden sollten, nur bis 22 Uhr oder bis zum Schluss. Obwohl, ich war generell dagegen.

War auch bei uns nicht so ein Problem.

Meine Freundin, die dann später meine Lebensgefährtin wurde, die war immer so müde, die wollte sowieso nicht in die Kneipe. Und weil sie wegen des Stillens auch keinen Alkohol mehr trank, stellte sich die Frage, was wollte sie da überhaupt noch. Wäre eh irgendwie öde für sie gewesen. Sowieso, stillen an der Theke war nie so ihr Ding.

Obwohl man das in anderen Ländern schon macht, so in Afrika zum Beispiel. Zwar meist nicht an der Theke, aber doch in der Öffentlichkeit. Ist doch eigentlich was Natürliches, Unverklemmtes, oder?

An dem Punkt waren wir halt ein wenig spießig. Beim Windeln im Kneipenraum, da waren wir jedoch wieder Mainstream, das fanden die meisten auch nicht so gut.

Obwohl, in anderen Ländern gibt's da auch manchmal andere Sitten. In Mexiko war ich mal in einer Kneipe, da war die Pinkelrinne direkt im Kneipenraum. Auch in Jordanien habe ich das erlebt. Geht also alles.
Aber ich finde insgesamt: Emanzipation hat auch manchmal seine Grenzen.

Dass mit der Vätergruppe, das war schon eine tolle Sache.
Mit einem der Väter bin ich noch heute befreundet, und wenn wir uns treffen, dann erzählen wir von den alten Zeiten, als wir als Väter um die Häuser zogen; das ist so richtig schöne Nostalgie. Und auch sonst war das eigentlich ganz schön nur mit Männern, ganz ohne Frauen. Das war ja damals so eine Zeit, als sich auch Männergruppen bildeten. Nicht so viele wie bei den Frauen, aber immerhin.

In den Gruppen erzählte dann jeder so seine Geschichte von der schlimmen Erziehung und wie er dann so zum Macho getrimmt wurde und wie er das später nicht mehr sein wollte.

Manche sprachen sogar vom „Elend der Männlichkeit". So weit bin ich allerdings nie gegangen. Vielleicht lag das daran, dass ich das damals mit den politökonomischen Determinanten der Männlichkeit nie so ganz verstanden habe.

Aber immerhin, man sprach in vielen Kreisen mal über all diese Dinge damals: über Masturbation, Schwulsein, Vatersein, autoritäre Strukturen und Faschismus, Kleinfamilie, geteilte Hausarbeit, Lohn für Hausarbeit. Manche verstanden es sogar als Emanzipation, wenn Frauen in die Armee könnten.

Immerhin, Letzteres hat später dann ja geklappt.

Man durfte damals als Mann sogar ganz offen mal weinen. *War gar nicht so schlimm, wie viele gedacht hatten.* Zumindest gibt es Schlimmeres.

Später gab dann jedoch der Bly das Buch vom „Eisenhans" heraus. Das war für gestandene Männergruppenmänner so eine halbe Männerbibel. Eisenhans, nicht Hänschenklein – das hat doch immerhin was.

Ist ja eigentlich eine ganz alte Geschichte

von den Grimms. Manchmal hieß er auch der Wilde Mann. In der Geschichte geht es vor allem um den Weg eines Königssohns vom Knaben zum Mann. Es geht um männliche Kraft, den inneren Krieger, um das Ungezähmte und Spontane, um Leidenschaft.

Eine wirklich tolle Geschichte. Ist so etwas wie Indianereinweihung auf Deutsch.

Und sie stammt aus Deutschland, nicht aus Amerika. Der Bly hat sie nur in die USA importiert. Manche meinen sogar, das wäre auch mit den Indianerritualen so passiert, die seien mit der Einwanderung der Menschen über die Behringstraße nach Amerika aus Mitteleuropa mitgebracht worden. Wer hätte das gedacht.

Irgendwie war nach dem Eisenhans auch dem letzten Softie, also auch mir klar, zu soft, das war für keinen gut, weder für die Männer, noch für die Frauen, gelle?

Was man brauchte, waren so richtige Männer, die aber auch mal weinen konnten, wenn Werder mal wieder verlor; eben halt so richtig straighte Eisenhanse.

Heute gibt es ja wohl kaum noch so richtige Männergruppen. Ein paar haben sich in den Alpen und irgendwo outdoor versteckt.
(Die Manager-Adventure-Gruppen zähle ich jedenfalls nicht dazu.)
Aber vielleicht kommen die Gruppen ja mal wieder, wenn die Frauen immer so weiter nach vorne drängen, als Männerrechtsverteidigungsgruppen oder so. Die ersten zaghaften Versuche habe ich schon erlebt, die gab es in der Reha.
Tja, soweit ist es schon gekommen: Männer in Männergruppen in der Reha, damit sie auch endlich mal zu Wort kommen. Ist vielleicht ein wenig übertrieben jetzt, aber man muss halt aufpassen als Mann.

Das mit der Vätergruppe und überhaupt das Ganze mit dem Vatersein war für mich schon eine tolle Sache. Möchte ich echt nicht missen. War und ist einfach schön!
Irgendwie hat's mich auch weitergebracht zu meinem Ich.
Haus bauen, Baum pflanzen, Kind(er).

All das gehört irgendwie zu meinem männlichen Ich dazu.

V

Reisen

Reisen – das ist so eine Sache, da komme ich sofort ins Schwärmen.
Ich könnte ständig reisen.

Wenn es die Gelegenheit gäbe, wären in fünf Minuten meine Sachen gepackt und schon wäre ich weg. Das war schon als Jugendlicher so – auf weiten Fahrradtouren, sogar bis nach Schweden.

Meine ersten Reisetraumziele waren Frankreich und Paris. Die Clochards, Montmartre, Sacre Cœur, überhaupt diese ganze Lebensart, die Chansons, die mehrgängigen Menüs und das Sich-Zeit-nehmen-zum-Essen, all das gefiel mir. Da wehte so ein Flair durch die Luft, der für mich bei deutschem Sauerbraten im Wirtschaftswunder-Stress in Deutschland nicht so aufkam.

Ich war daher bei meinen ersten Reisen oft in Frankreich: Atlantikküste, Avignon, Cote d'Azur, Paris und auch im Elsass.
Es gab da Orte im Elsass, die rochen so richtig schön nach Wein. Und wenn ich an diese

phantastischen Fischgerichte nur denke, läuft mir heute noch das Wasser im Mund zusammen.

Ich war mal eingeladen für eine Woche in ein kleines Dorf in der elsässischen Rheinebene. Ein Ort mit herrlicher Barockkirche. Die hatten im Restaurant so eine Spezialität, die nannte sich Matelote; bestand aus Hecht, Aal und Zander, alles angerichtet in einer herrlichen Soße. Dazu gab es dann Nudeln. Es schmeckte einfach phantastisch.

Es gab viele Dinge, die mich damals an der französischen Art faszinierten. Ohne Hast und Eile genießen: Das Essen, den Wein, die Landschaft, das Lachen der hübschen Französinnen, Kultur, Museen, Kathedralen und dann diese Wild- und Fisch-Pasteten und diese tausend Käsesorten. Das war schon öko dort, bevor das Wort jemand kannte – kam meist alles aus der Region, war mit Liebe sorgfältig und geduldig gemacht. Auf dem Weg an die Cote d'Azur hielt ich mal an einem Routiers-Restaurant, da gab es zum Nachtisch eine Zitronentarte, davon schwärme ich heute noch.

Und dann dieses frische Baguette, die Flute, die schmeckte morgens so richtig knackig frisch, besonders nach weinseligen Abenden.

In Frankreich gab es eine Esskultur, da konnten wir Deutschen in meinen Augen nur von träumen. Es gab damals noch ganze französische Städte ohne Mac-Donald und ohne Starbucks. Und das lag nicht nur daran, dass es die Franzosen lange Zeit nicht so hatten mit den Amis; es passte einfach nicht zur Esskultur.

Die hatten halt Stil.

Ich als politisch interessierter Mensch war natürlich auch begeistert, was sich da 68 alles in Frankreich tat. Dort waren es nicht nur die Studenten, sondern auch die Fabrikarbeiter bei Renault und anderswo, die im politischen Geschehen und Kampf mitmischten. Da war im Mai 68 schon ganz schön was los in Frankreich.

Die haben mit sowas ja auch viel mehr Erfahrung als wir. Bei uns hat es ja meist nicht ganz so richtig geklappt mit den Revolutionen.

68 haben das aber selbst die Franzosen nicht so richtig hinbekommen. *Klappt halt nicht immer.*

Irgendwann hat dann mein Frankreichfieber nachgelassen. Weiß eigentlich gar nicht so genau, warum. Man unterliegt ja vielleicht auch so Modeströmungen bei der Auswahl der Reiseziele.

Da gibt es meist immer so Abstufungen: erst kommen die Hippies und Freaks in bisher noch gar nicht bekannte Länder, Landschaften und Orte. Dann ist es dort noch leer und billig; keinen stört es, wenn man nackt badet oder am Strand schläft. Dann kommen die, die auch gern Hippies wären, aber nicht genug Zeit dafür haben, weil sie viel arbeiten müssen; da ziehen die Preise schon an. Danach kommen so Kultur- oder auch Normalurlauber, da hat sich die Infrastruktur dann schon stark gewandelt. Die kleinen Hüttchen sind schon ein paar Hochhaushotels gewichen, das Essen ist ein wenig angedeutscht oder angeenglischt, und die Preise auch. Zum Schluss kommen dann die Pauschaltouristen in die Meeres-Hochhausfront. Da braucht man dann auch nicht mehr auf deutsche Gerichte, auf deutsches Bier und auch sogar auf Öko-Brot zu verzichten. Die Preise senken sich wieder, ebenso wie die Gelder, die im Lande bleiben. Die nehmen die deutschen Touristikkonzerne meist auf dem Rückflug gleich wieder mit.

Ja, also, ich war meist bei der ersten oder zweiten Einwanderungswelle dabei.

Ich wollte gar nicht all das im Urlaub auch haben, was ich in Deutschland hatte. Da hätte ich ja gleich zu Hause bleiben können.

Ich wollte andere Länder, andere Kulturen, andere Menschen, andere Sitten, anderes Essen und andere Gewohnheiten kennenlernen.

An manche fremden Dinge konnte ich mich sehr schnell gewöhnen, z.B. an die ausgedehnte Siesta-Zeit im Süden, die wurde auch mir bald heilig. Ich fand es spannend, fremde Speisen auszuprobieren. In Frankreich hatte ich meinen Spaß daran – meist jedenfalls – etwas zu bestellen, das ich nicht kannte. Okay, manchmal war das auch nicht so mein Ding, etwa wenn ich Innereien oder Kutteln serviert bekam. Aber meist hatte ich

Glück und ließ es mir schmecken. Und wenn man dann schon mittags so einen herrlich süffigen Rotwein trank, dann war doch gleich der ganze Tag dein Freund.

Ich glaube, Sie merken schon, bei mir geht die Liebe zu einem Land auch stark durch Magen und Gaumen. Und man lernt ja auch verdammt viel fürs Leben. Geruchs- und Geschmacksnerven werden verfeinert, das Preis-Qualitäts-Bewusstsein wird gestärkt.
Man kennt sich bald mit Tip- oder Trinkgeldpreisen aus, kann Bettenstandards besser beurteilen, und weiß vor allem auch die deutschen Bettdeckenqualitäten mehr zu würdigen. Auch die Vorzüge von deutschen Toiletten und Badezimmern kann man mehr schätzen. Sie sehen also, an so ein paar deutschen Dingen halte ich schon gerne fest.

Selbst im nahen Frankreich waren mir damals diese Hocktoiletten sehr suspekt. Soll ja angeblich hygienischer sein. Ich weiß nicht, haben sie die Toiletten mal gesehen, wenn da eine Busladung Leute drin war. Gucken Sie lieber nicht nach. Tja, auch im Ausland ist halt nicht alles toll.

Bei uns Politfreaks gab es auch sehr lange Diskussionen, welche Länder man denn besuchen sollte und welche nicht. Sollte man in Länder fahren, in denen Diktatoren an der Macht waren? Z.B. gab es damals über Griechenland zur Zeit der Obristen-Diktatur sehr heftige Diskussionen. Wenn man hinfuhr, solidarisierte man sich dann mit den Leuten oder mit den Obristen? Bestrafte man durch Boykott nicht die einfachen Menschen doppelt? Sind schwierige Fragen und schwierige Antworten, bis heute. Immerhin haben wir uns damals erst einmal Gedanken gemacht — bis wir dann doch hinfuhren: nach Athen, ins szenige Santorin oder nach Kreta.

An Diskussionen in der Nato, ob man wegen der Diktatur in Griechenland einmarschieren sollte, kann ich mich nicht erinnern; die waren ja selber in der Nato. Die Diskussion über den Einsatz von Waffengewalt bezog sich damals mehr auf Länder außerhalb Europas. Und bis es dann in Serbien passierte, weil man meinte dort mit Gewalt Lehren aus Auschwitz ziehen zu müssen, dauerte auch noch eine ganze Weile. Selbst der Joschka war wohl damals noch mehr als revolutionärer Kämpfer mit Häuser- und Opelkampf beschäftigt und hatte das mit militärischen Auslandseinsätzen noch nicht so im Sinn.

Ich habe mich von den Obristen damals natürlich nicht einschüchtern lassen, sondern machte mein Schlaflager frech am Strand, obwohl das verboten war.

Bei der Verpflegung war ich recht genügsam: ein bisschen Brot, ein bisschen Käse, ein Gläschen Wein. Viel Geld hatte ich damals nicht; ging trotzdem. Baden im Meer war ja umsonst. Auf den Überfahrten zu den Inseln fuhr man bei Nacht und schlief an Deck; war einfach billiger. Und auch so richtig romantisch. Wer wollte auch schon schlafen in der Nacht. Die Flasche kreiste, die Sterne glänzten, die Delphine tümmelten sich, man quatschte und quatschte, und lachte und lachte, und irgendwann war man da.

Später begann dann bei mir, dass es anfing, mir an der Nase zu kitzeln. Die ‚Abenteuerlust‘ breitete sich aus. Sie erfasste mich bald mit allen Fasern.
Europa, das war doch irgendwie bekannt. Frankreich, Griechenland, Italien, Portugal,

Spanien, irgendwie klang das mit einem Mal nicht mehr so antörnend.

Marokko, das hatte doch schon einen ganz anderen Klang von 1001 Nacht, von Exotik, von Gefahr – und sehr billig sollte es dort auch noch sein. Gefahr, das war nichts, was mich schreckte, das hatte sogar eher etwas Anziehendes für mich. Das ‚Abenteuer‘, das war es, was mich lockte.

Tja, ich war damals in mancher Hinsicht wirklich noch so richtig naiv.

Ich habe dort sogar in der dunkelsten Kasbah gewohnt – kostete nur 2 Dirham.

(Auch in Marokko hatte ich noch nicht mehr Geld zur Verfügung.) Dafür hatte ich viel Spaß. Wenn ich Tramper in meinem Wagen mitnahm, erfuhr ich viel, wo es so abging im Land. Z.B. gab es da Dörfer, die waren ganz schön flippig. Da wohnten so crazy Künstler und das waren meist nicht gerade so enthaltsame Typen. War schon echt lustig dort.

Und dann Marrakesch: ein Traum. Diese tollen Gassen, die ganzen Säcke voll herrlich riechender Gewürze, das Färberviertel und dann dieser grandiose Hauptplatz. Der war voll von Gauklern, Schlangendompteuren, von Märchenerzählern, von Keksverkäufern und auch von Kamelhändlern.

10 Kamele boten sie mir für eine blonde Frau. Das habe ich natürlich nicht gemacht, der Preis war ja viel zu niedrig.

Das hatte alles wirklich noch was vom Flair von 1001 Nacht.

Tja, ganz ungefährlich war es allerdings auch nicht. Als ich in Tanger mit meiner Ente, meinem Citroen 2CV, ankam, bin ich schon recht bald beim Geldtausch beklaut und mit Stöcken bedroht worden.

Gehörte aber auch irgendwie dazu.

Später bin ich nicht mehr in richtig gefährliche Situationen gekommen; selbst in entlegenen Landstrichen nicht.

Je länger ich auf der Reise war, desto mehr veränderte ich mich auch. Es waren eher kleine, unspektakuläre Dinge. Irgendwie wurde mein Blick anders, ich bekam ein ganz anderes Feeling für das Land und die Menschen. Und irgendwie hatte ich dann auch den Eindruck, – *ich weiß nicht, ob das real auch wirklich stimmte* – dass der Blick der Marokkaner auf mich sich auch veränderte. Man blieb natürlich Fremder, aber man war auch nicht so ein typischer Tourist. Irgendwie war man ein wenig dazwischen; zumindest fühlte man sich so. Marokkanische Hemden und Hosen, da drüber einen Schafspelzmantel, das hatte schon was toll Verwegenes – das hatte schon Abenteurertouch, oder?

Bald führte mich die Reise- und Abenteuerlust über den Atlantik bis in die USA, nach Mexiko und Guatemala. Damals konnte man noch in 50 Stunden von New York mit dem Greyhound-Bus nach El Paso fahren und noch in der Nacht über die Grenze ins mexikanische Ciudad Juarez gehen, da gab es diesen ganzen unseligen Drogenkrieg dort noch nicht.

Mexiko – was hatte das für einen Klang in meinen Ohren. Ein ganz anderer Kontinent. Die feurigen Mexikanerinnen mit ihren Macho-Männern. Wenn die ihren Tequila tranken, das hatte was. Das war pure Männlichkeit. Der Tequila wurde kalt und pur in einem Schnapsglas serviert. Vor dem Trinken wird zunächst ein Stück Limone auf dem

Handrücken ausgequetscht, etwas Salz daneben gestreut. Extrem wichtig ist dabei die Haltung der Hand. Die Hand wird so gehalten, dass sich Saft und Salz in einer Kuhle zwischen Daumen und Zeigefinger befinden. Dann wird Salz und Zitrone abgeleckt und der Tequila herunter gekippt. Und das natürlich mit der richtigen männlichen Gestik und mit provokantem Blick bei dieser kunstvollen Zeremonie. Das ist doch noch wirklich eine richtige Männerkultur. *Das wird man doch wohl mal noch sagen dürfen, oder?*

Dann diese Märkte mit phantastischen Früchten in Mexico und später in Guatemala, verkauft von Frauen in prächtig bunten Trachten. Dieses bunte lebendige Leben auf den Märkten, einfach toll. Manche Ortsnamen, die haben heute immer noch so einen richtig magischen Klang für mich. Chichicaste-nango, klingt das nicht einfach geil?

Ich könnt' da gleich wieder hin.

Warum hatten mich Mexiko und Guatemala so magisch angezogen, warum später China und Thailand, aber Indien nie, obwohl das doch lange das Hippie In-land war. Warum zieht mich kaum was nach Zentralafrika, aber viel nach Südostasien, nicht aber nach Japan. Das habe ich mich oft gefragt.

Okay, wenn man von mehreren Leben ausgeht, dann beantwortet sich die Frage recht leicht. Man hat dann wahrscheinlich in früheren Leben in diesen Ländern gut gelebt und vielleicht in anderen Ländern schlechte Erlebnisse gehabt.

Vermutlich war ich nach dieser Theorie dann weder in Frankreich 1792 auf der Guillotine noch wurde ich in Mexiko geopfert. Oft sehe ich in meinen Träumen ganz sonnige Bilder von den mexikanischen Pyramiden, vom Sonnenkalender und anderes. Ob ich wohl in früheren Leben einmal dort war?

Auf meinen beiden Reisen habe ich Mexiko von einem Ende zum anderen durchquert. Z.B. mit dem Zug durch die mexikanischen Grand Canyons, die Kupfer Canyons, von Chihuahua nach Los Mochis. Eine der herrlichsten Eisenbahnstrecken der Welt mit unzähligen Tunneln und Brücken und Canyons bis zu 1.800 m tief. Einfach toll.
Meist fuhr ich jedoch in Überlandbussen.

Die 1. Klasse-Busse überließ ich bei meinen weiten Fahrten durchs Land anderen, ich fuhr 3. Klasse. Ich saß dann zwischen Hühnern und Bananenstauden – manchmal auch nur auf einer Pobacke. Hatte nie gedacht, wie voll man Busse mit Menschen und Gepäck packen konnte. Aber dort bekam man so ein richtiges Gefühl zum Land und den so netten und freundlichen einfachen Mexikanern. Ich lebte auch recht einfach. Meist aß ich nur Tortillas und Frijoles und Huevos, daneben Platanos und Avocados, manchmal dazu eine Mangomilch.

Viel Geld hatte ich ja immer noch nicht.

(Sorry, das mit den spanischen Wörtern, aber meinen Sie vielleicht, die Mexikaner hätten alle deutsch gekonnt?)

Worauf ich ja ganz abgefahren bin, waren diese tollen Wandbilder, die Muralistas, mit Szenen aus der Geschichte Mexikos, von Bauern und Arbeitern, die man an vielen öffentlichen Gebäuden sah. Am besten gefielen mir die von Diego Rivera. Noch nie gehört den Namen? Das ist der Mann von Frida Kahlo. Nur kannte die wiederum damals noch kaum jemand.

Palenque, Chitzen-Itza, die Bergwelt von Oaxaca, die vielen Geschichten von den Schamanen, den Brujos, die durch die Luft fliegen könnten. Man hörte von Peyote-Zeremonien und diesen Pilzen, den Hongos. Das waren heilige Pflanzen, nur für den Kult gedacht, nicht für Touristen, nicht einmal für Möchtegern- Abenteurer. All dies war einfach faszinierend.

Das zog mich wie magisch an. Und so nahm ich einen recht klapprigen Bus von Oaxaca, der mich im Bergland bis über die Wolken brachte, in ein kleines, sehr kleines Dorf, dessen Namen ich leider völlig vergessen habe, tut mir wirklich leid. Man hörte so, dort solle es manchmal auch Hongos geben.

Ich war sehr interessiert an alten Kulturen, das wissen Sie ja inzwischen schon. Und so wollte ich wissen, ob es diese Hongos, die fliegenden Brujos denn wirklich gebe. Ich hatte Glück.

Gleich neben meiner Hütte, in der ich auf einem einfachen Brett gemütlich schlafen durfte, wohnte für längere Zeit ein erfahrener Anthropologe, der mir so manche Fragen beantworten konnte, ohne dass ich selbst diese Erfahrungen machen musste. Ich hatte wirklich riesiges Glück!

Er war ein wirklich netter Kerl. Er erzählte mir viel über die schwierigen Lebensbedingungen der heutigen und damaligen Mexikaner und auch über die Brujos und Hongos wusste er viel. So kannte er genau die Menge, die eingenommen werden musste von diesen Pilzen; er wusste, dass es die besten Wirkstoffe wohl am Stamm und teilweise in der noch anhaftenden Erde geben solle. Gut, dass ich die nicht essen musste. Er erzählte viel von der Wirkungsdauer und auch von seinen eigenen Erlebnissen. Er war ja Forscher und zu diesen Experimenten quasi verpflichtet. Obwohl die Einnahme nicht ungefährlich war, denn die Pilze enthielten Psilocybin, einen ähnlichen Wirkstoff wie in LSD.

Zwei Erlebnisse sind mir besonders in Erinnerung geblieben. Das eine Mal schilderte er, wie er eine nicht so gute ‚Reise' hatte. Er war auf einer Wolke gelandet, eigentlich ganz schön, aber irgendwie bekam er dann

Panik, weil er glaubte, da nicht mehr runter zu kommen.

Das andere Mal war es aber wohl ganz phantastisch für ihn. Damals hatten mehrere Leute die Pilze genommen und waren in diesen irren Bergdschungel gegangen, den es auf dieser Höhe noch gibt. Mit einem Mal, so berichtete er, hätte er einen ganz anderen Kontakt zu den Bäumen und Pflanzen bekommen, er habe ihre Strahlung, ihre Aura gesehen. Es sei wie ein Wald voll lauter Lampen gewesen. Die anderen Personen habe er nur noch als Tiere wahrgenommen: als Bär, als Reh, als Hirsch. Tja, war wohl ein echt begeisterndes Erlebnis. Schön für ihn. Ich brauchte das irgendwie nicht. Wenn tagsüber die Wolken mal über einem waren, mal unter einem, das hatte auch schon was ganz Phantastisches für mich. Und vom Bergdschungel kann man auch ohne Hongos begeistert sein.

Vom Bergland ging es dann weiter. Neue Orte, neue Eindrücke folgten.

Es war so ein richtig erfülltes Gefühl von Reisen, was da entstand.

Ja, man fühlte sich richtig ein in Mentalität, Geschichte, Kultur und die Menschen.

Jedenfalls glaubte man mehr mitzubekommen als die ,Normaltouristen', die in ihren separaten Bussen durch die Lande fuhren und in speziellen Touristenhotels schliefen und aßen. Kam für mich gar nicht in Frage; war auch viel zu teuer.

Tja, man war vielleicht auch schon irgendwie arrogant und fühlte sich ein wenig erhaben. Klar, man hatte sich 18 Stunden stehend über Holperpisten bei tropischer Luft im Bus durch den Dschungel bis Tikal gekämpft, hatte nachts in einem Hotelzimmer geschlafen, in dem man durch ein Loch im einfachen Bretterfußboden direkt auf die darunter befindliche Theke der Bar sah, und dann kamen diese schnieken US-Touristen in kleinen Flugzeugen angeflogen – in Tropenanzügen!
Ich hielt es im Kopf nicht aus. Die fuhren auch noch in Jeeps durch den Dschungel. Fehlte nur noch, dass die mit Helikoptern auf die Spitze der Pyramiden gebracht worden wären. *(Kommt sicher auch noch.)*

Überhaupt diese Gringos.

Mit denen wollte ich nicht verwechselt werden. Ich kam schließlich aus Alemania. Ost oder West? – Über Europa und Deutschland wussten die Mexikaner damals wohl nicht so viel. Über ihre eigene Geschichte schon. Sie hatten schon ein recht gutes Geschichtsbewusstsein und wussten auch genau, warum sie die Amerikaner, die Gringos, nicht mochten. Die hatten ihnen schließlich Mitte des 19. Jahrhunderts ein Drittel ihres Territoriums abgenommen, darunter auch Gegenden mit sehr viel Erdöl: Texas, Neu-Mexiko, Kalifornien, Arizona, Nevada und Colorado. Da konnte später selbst der mexikanische Revolutionsführer Pancho Villa nichts mehr dran ändern.

War wohl für die Amis schon damals so eine Art vorausschauender, präventiver Schlag gegen aufkommenden Kommunismus oder so. Die Mexikaner haben schließlich 1910 noch weit vor den Russen eine Revolution ausgerufen und siegreich gewonnen: Tierra et Libertad: Land und Freiheit. Emiliano Zapata war ihr großer Anführer.

Als sie dann allerdings die Revolutionspartei

„Partei der Institutionalisierten Revolution" nannten, wusste man schon am Namen, wohin der Zug mal gehen würde. Der revolutionäre Elan verbrauchte sich dann leider auch sehr schnell.

Jetzt bin ich ja doch so ein bisschen ins politische Philosophieren gekommen. Das liegt vielleicht daran, dass mich dieses politische, geschichtliche Bewusstsein der Mexikaner damals schon sehr fasziniert hat; da wurde ich immer mehr mit „infiltriert".

Und ich bin jemand, der so ein Land quasi mit der Atemluft einsaugt und dadurch auch verändert wird. Das ist bei mir dann so, dass ich wirklich ganz da bin in so einem Land. Langsam nehme ich dann immer mehr Worte der Sprache in mein Sprechen und irgendwie auch in mein Denken auf. Wenn ich länger in anderen Ländern bin, dann passiert etwas mit mir, das ich gar nicht erklären kann; es ist einfach so. In Mexiko war es das Gleiche wie in Marokko. Ich brauche aber überall erst einmal Zeit, um mich zu „akklimatisieren", mich einzugewöhnen, mich „einzuatmen". Am stärksten merke ich es immer an meinen Augen, an meinem Blick – der ist dann fokussiert-einfühlsamer; tja, irgendwie anders, der wird halt dann auch so ein bisschen mexikanisch oder marokkanisch.

Und dann entsteht bei mir dieses schöne Reisegefühl, das ich so liebe.

Meist lass ich mich beim Reisen einfach treiben vor Ort. Ich „ergehe" mir die Landschaften, die Städte. Ich gehe und versuche, den Ort in mich aufzunehmen. Meist gehe ich ziellos los. Ich gehe die Straße entlang, einfach so. An einer Ecke biege ich ab. Und bin überrascht, dieses Viertel hat ja eine ganz andere Stimmung. Es gibt keine Touristen mehr, nur lauter „Einheimische", spielende Kinder, Mütter auf Bänken. Ich entdecke einen herrlichen alten Lebensmittelladen mit selbstgebackenem Brot und tollen Pasteten.

Ich gehe weiter. Mit einem Mal stoße ich an einem der vielen Kanäle auf lauter Stehtische und sehe Leute, die Prosecco trinken und appetitliche Häppchen essen. Ein anderes Mal, an einem anderen Ort in einem anderen Land, stoße ich beim Gehen auf lauter Nähmaschinen, die ganze Straße lang, eine Straße mit Autoteilen folgt, und dann kom-

men lauter Geschäfte/Lager mit großen Tofublöcken. Ich nehme ein Stück das Wasserboot, steige irgendwo aus und gehe weiter. Menschen machen Tai-Chi auf einem öffentlichen Platz – alte Frauen und junge Mädchen, in konzentrierten Übungen vereint. Ich kaufe mir einen dieser so schmackhaften und schönen Obstspieße und gehe weiter. Mit einem Mal stoße ich auf eine alte Tempelanlage. Ich gehe hinein und finde dort überraschend eine von Mönchen geführte Massageschule. Ich lege mich auf eine der Liegen und lasse mir Füße und Waden massieren. Ich opfere eine Kerze, entzündete einige Räucherstäbe und stecke sie in eine der Opfergefäße.

Danke für diesen schönen Tag!

Ich gehe zurück ins Quartier, lege mich aufs Bett und lasse den Tag Revue passieren. Ich fühle mich erfüllt. Ich liebe das Reisen, ich liebe diese Form des Reisens.

Und so ist es auch ganz sanft, allmählich und doch recht nachhaltig ein Teil meines Ichs geworden.

VI

Kloster

Eines Tages wehten mich die geistigen Winde an einen für mich recht ungewohnten Ort: ein Kloster. Ich meine jetzt nicht so einen Klosterbesuch auf Reisen, wo man sich die herrlichen Kreuzgänge oder Kirchenfenster ansieht oder vielleicht in manchen Klöstern eines dieser Traditionsbiere trinkt. Nein, ich war richtig für einige Zeit im Kloster, und zwar genau mehrmals.

Und das kam so: Ich war damals in Berlin auf einem großen Friedenskongress. Recht interessante und bedeutende Persönlichkeiten waren da, so auch u.a. der Dalai Lama. *(Um den war allerdings damals noch lange nicht so viel Rummel wie später. Er hat mich damals echt beeindruckt.)*

Durch Zufall bin ich dann auf dem Kongress in einer Pause in einen Saal gekommen, in dem viele versammelt waren, die warteten dort auf einen bekannten Mönch und einen wohl sehr berühmten Musiker, beide aus den USA.

Ich kannte allerdings damals beide nicht; das muss ich schon ehrlich zugeben.
Vor allem meine Mönchskenntnisse waren doch recht bescheiden.

Nach einiger Zeit kamen die beiden Männer. Aber es passierte nichts, rein gar nichts. Erst dachte ich, die Richtigen würden erst noch kommen, bis mir irgendwie durch das Verhalten der anderen Besucher klar wurde, die beiden waren schon die erwarteten „Referenten". Aber irgendwie passierte immer noch nichts. Jedenfalls nichts Spektakuläres. Es stellte sich „nur" irgendwie ein Schweigen, eine Stille ein, die alle Teilnehmer erfasste – auch mich. Nach langer Zeit sagte der Mönch dann: „Ist das nicht schön?" und dann setzte sich diese Stille fort. Wieder verging die Zeit, bis dann der Musiker – ich erfuhr später, dass er Paul Horn hieß – auf seiner Flöte eine sehr ruhige, sanfte Melodie spielte, bis dann wieder Schweigen einsetzte. Es wurde eine Abfolge von Schweigen/Stille und zarten Flötentönen, die uns alle ergriff und die mich irgendwie tief berührte und bewegte. Warum auch immer. Es war einfach so.

Diese Stille hatte für mich eine gewaltige Kraft und Intensität und löste nach Ende der Veranstaltung bei mir den Wunsch aus, so etwas öfter zu erleben.

Als ich den amerikanischen Mönch fragte, ob es so etwas auch in Deutschland gebe, verwies er mich an ein katholisches Kloster in der Mitte Deutschlands, das von einem bekannten Mönch geleitet werde. *(Der mir allerdings auch zu diesem Zeitpunkt vollkommen unbekannt war.)*

Und so hatte ich mich dann eines Tages zu einem Kurs in diesem Kloster angemeldet und war dorthin gefahren.

Das war nicht so exotisch wie bei Doris Dörrie in Japan oder wie bei Brad Pitt im Himalaja. Und es hatte schon gar nichts von Bhagwans Poona oder von einem anderen dieser indischen, nepalesischen oder kalifornischen Ashrams, die damals für viele so in waren. Für mich war das alles nicht so das Richtige. Ich hatte es nicht so mit den Gurus. Sie wissen ja, dass ich undogmatisch gepolt bin. Nein, mein Kloster war ein ganz stinknormales deutsches Kloster.

Obwohl zugegeben, so ganz stinknormal war es nun auch wieder nicht. Es gab da auch Qigong und Zen. Und ganz viele andere interessante Kurse.

Das war damals auch nicht in allen Klöstern üblich, und ist es in manchen bis heute nicht.

Viele kamen in dieses Kloster wegen der Zen-Sessions und auch weil der Klosterleiter ein sehr bekannter Mönch und Zenmeister war, der lange in Japan gelebt und gelernt hatte. Für mich stellte ich jedoch schnell fest, dass Zen nicht so das Richtige war. Ich fand es irgendwie zu hart.

Sie kennen ja inzwischen meine Softie-Vergangenheit.

Und ich gucke auch lieber immer danach, was es da in deutschen Landen im Angebot gibt. Und so habe ich die Kontemplation gefunden, die im gleichen Kloster angeboten wurde. Unterscheidet sich an und für sich nicht so wahnsinnig von Zen, ist in meinen Augen aber irgendwie weicher.

Wenn ich allerdings anderen von meinen Tagesabläufen im Kloster erzählt habe, dann wirkt das für die schon ganz schön hart und asketisch. Man musste sehr früh raus, saß auch schon recht häufig auf seinem Kontemplationsbänkchen, jeweils 25 Minuten lang. Da tun einem anfänglich ganz schön die Beine weh. Das Heftigste war jedoch, dass man in den drei bis vier Tagen, in denen man im Kloster war, schweigen musste. Also gar nichts sprechen durfte; wirklich gar nichts.

Meine Frau – *also das ist die, die früher meine Freundin und dann meine Lebensabschnittsgefährtin war,* - die sagte immer, das mit dem Schweigen, das könnte sie nicht, das würde sie nicht aushalten.

Ich konnte es schon. Und – halten Sie sich bitte fest – ich fand das auch bald richtig, richtig toll. Nicht dass ich nicht gerne rede; meine Frau meint, manchmal auch zuviel.

Aber dieses Schweigen, das hat eine ganz andere Qualität. Das hat schon was ganz Besonderes, nicht Vergleichbares. Also, ist halt richtig schön.

Haben Sie schon mal versucht, an einer langen Tafel bei einer Weihnachtsfeier mit normaler Stimme vom anderen Ende der Tafel die Gänsekeule zu bekommen?

Ist recht schwierig; vor allem, wenn man kein Megaphon dabei hat.

Manchmal klappt es ja trotzdem - nach ein paar Minütchen.

Und jetzt stellen Sie sich einmal vor, Sie möchten schweigend etwas vom anderen Ende des Tisches bekommen. Ohne aufzustehen natürlich. Was meinen Sie, würden Sie etwas bekommen?

Es geht tatsächlich. Und zwar in einer Form, die man sich gar nicht so richtig vorstellen würde. Kennen Sie das: die Wünsche von den Augen ablesen? Ich weiß, so bei Schmuck für Frauen klappt das meist recht gut. Aber jetzt bei Kohlrabigemüse? Geht jedoch auch. Beim Schweigen im Kloster ging das selbst bei Kartoffelbrei. Ist ganz easy. Hat so ein bisschen was vom Schlaraffenland. Du wünscht Dir was und schon ist es da. Nein, eigentlich ist es schon da, bevor du es dir gewünscht hast. Aber es passt genau. Dir wird die Schüssel gereicht, die du dir ein paar Sekunden später eh gewünscht hättest. Und das ist keine Magie. Das ist ganz normale Achtsamkeit.

Jeder saß locker am Tisch und hatte nicht

nur den eigenen Teller im Blick, sondern hatte ganz intuitiv ebenso im Blick, was der andere brauchen würde.

Das hatte etwas tolles Verbindendes – man merkte, was es heißen könnte, wirklich gemeinsam zu essen. Das war zwar keine Magie, aber es hatte schon etwas Magisches.

Und wenn man in so einer Runde gemeinsam isst, dann schmeckt auch jedes Essen einfach gut. Dann essen nicht nur der Magen und die Augen, sondern auch die Gefühle und Empfindungen mit. Und dann findet man es mit einem Mal nicht mehr so befremdlich oder esoterisch, wenn man sagt, man würde es spüren, wenn ein Essen mit Liebe gekocht sei.

Irgendwie schmeckte mir das Essen im Kloster immer ganz vorzüglich. Es musste gar nichts Besonderes auf den Tisch kommen. Es ist vielleicht vergleichbar mit dem Essen nach einer langen anstrengenden Wanderung, wenn dir auch schon ein Stück Landbrot und Käse so vorzüglich schmeckt.

Hier im Kloster am Tisch fühlte man sich gut aufgehoben. Man musste nicht schwätzen und konnte sich wirklich Zeit nehmen zum Essen und dann auch jeden Bissen ganz achtsam kauen. *Hat man sonst meist gar keine Zeit für.*

Und wenn es dann noch diese phantastischen Nachtische gab, dann fühlte man sich schon ein wenig wie im Paradies. *Sie sehen, ich bin manchmal auch recht genügsam.*

Das Schlimmste am Schweigen war für mich immer, wenn es aufhörte.

Mir wurde dann immer sehnsüchtig der „Genuss" des Schweigens noch einmal recht deutlich bewusst. Dieses Geplapper, diese Lautstärke. Und was interessiert mich eigentlich, was mein Tischnachbar alles für Verwandte hat. Und beim folgenden Essen nach dem Bruch des Schweigens klappte es oft mit der Speisenversorgung auch schon nicht mehr ganz so gut.

Mit der Zeit hat mir bei den Kursen das Sitzen auf dem Bänkchen immer besser gefallen. Obwohl es nach wie vor hart war. Sitzen Sie mal den ganzen Tag. 25 Minuten sitzen – dann kurz kontemplativ, d.h. achtsam und bedächtig gehen – dann wieder 25 Minuten kontemplativ sitzen – dann wieder achtsam gehen, dann wieder ….Machen Sie das mal den ganzen Tag. Das ist schon zu Anfang recht gewöhnungsbedürftig.

Zuerst habe ich ja immer beim Sitzen versucht, ganz tolle Bilder vor meinen inneren Augen zu sehen, so Sonnen, Strahlen, Regenbogen, was man sich halt so unter kontemplativen Bildern vorstellt. Bis ich dann von der Kursleiterin gehört habe, ich bräuchte mich gar nicht so anstrengen – *unser Indianer hätte damals sicher gesagt: keep cool -*, wenn etwas käme, auch so Bilder vom Chef, von tollen Autos, Sonnenstrahlen oder so, das sollte man einfach durchwinken. Man sollte es wie einen Negativstreifen von Fotos *(die gab es ja damals in der Vor-Digitalzeit noch; Sie erinnern sich vielleicht)* einfach durchziehen lassen.

Wenn das Negativ vorbei ist, dann kommt schwarz. In der Kontemplation heißt das „Nichts". Also an gar nichts denken, meinte die Kursleiterin, das wäre das Beste. Ist aber gar nicht so leicht, wie man zuerst denkt. Wahrscheinlich weil man einfach so viel

denkt. Ist ja auch eigentlich nicht ganz verkehrt, dieses Denken. Aber halt nicht immer.
Und in der Kontemplation, da passt das einfach nicht.

Das „Nichts" nicht zu denken, sondern
„Nichts" zu sein, da habe ich immer noch
meine Probleme mit, ehrlich. Manchmal hat
das aber während der Kurse schon geklappt.
Da war ich dann happy, dass ich das geschafft hatte.

Ist schon seltsam. Meist will man alles haben: Geld im Überfluss, dicke Autos, tolle
Frauen, herrliche Tore – und dann will man
mit einem Mal das Nichts erreichen; und
wenn man das dann schafft, dann ist man
auch irgendwie zufrieden.
Verkehrte Welt, zumindest für drei Tage.

Was mir im Kloster auch gut gefallen hat,
das war der Garten. Der war in Zen-
Richtung gestaltet. Mit Sand-Kiesflächen
und geharkten Mustern drin und mit japani-
schen Brücken und Wasserläufen. War alles
wohl nach Feng-Shui-Kriterien angelegt. In
dem Garten wurde natürlich alles ökologisch

angebaut: das Gemüse, die Bäume, Sträucher und Blumen.

Was ich allerdings nicht so richtig rausbekommen habe, ist, ob die auch mit den Pflanzen gesprochen haben. Hätte mich schon interessiert. Man hört ja da so phantastische Geschichten. Im Findhorn-Garten in Schottland sollen zum Beispiel auf ganz kargen Sandböden die größten Gemüsepflanzen wachsen. Weil dort in Einklang mit der Pflanzenwelt gearbeitet und mit den Pflanzen kommuniziert wird. Eine Großtante von mir sagt auch immer, mit Pflanzen zu sprechen solle gut sein. Ich weiß nicht so richtig.

Ob im Klostergarten nach Findhorn-Methoden gegärtnert wurde? Vielleicht. Jedenfalls war es herrlich, während der kontemplativen Spaziergänge im Garten zu sein. Diese Farbenpracht, das war ein absoluter Genuss für das Auge.

Man kam sich auch wirklich so wie ein kleiner Mönch vor, wenn man langsam meditativ durch den Garten schritt.

Das Kloster war eine richtige Oase im Großstadtgetümmel, das direkt um das Kloster herumtobte. Man war in einer ganz anderen Welt. So wie ein Mönch auf Zeit. Auch wenn der Kurs nicht so hieß.

Irgendwie veränderte sich in diesen Klostertagen auch mein Blick, mein Gang; mein Lächeln kam spontan von Innen – ich musste mich gar nicht mehr anstrengen dafür. Man hätte das Ganze sicher auch gut als Burnout-Prophylaxe verkaufen können. Aber das wollten die Mönche gar nicht.

Die hatten leider zeitweise eine ganze Menge Stress, weil im Kloster Eucharistiegottesdienste von evangelischen und katholischen Christen zusammen durchgeführt wurden, die von der katholischen Obrigkeit streng verboten sind, und wohl noch andere verbotene Dinge mehr.

Ich kenne mich da nicht so aus.

Ich war öfter in ihrem Kloster. Als jedoch maßgebliche Leute dieses Kloster verließen, war für mich dort auch die Zeit vorbei.

Ich habe aber mein Bänkchen mitgenommen und sitze oft drauf und „denke" auch manchmal an Nichts.

Und so ist das Ganze auch ein kleines Stückchen von meinem Ich geworden.

VII

Die Steine

Ich gebe es ja wirklich zu. Irgendwie habe ich's mit den Steinen, den großen.

Ein Verwandter meint immer, ich hätte so einen richtigen Steinetick. Überall, wenn ich so im Wald rumlaufe, stoße ich auf Steingebilde: Hügelgräber, Steinkreise, Kraftplätze. Die meisten anderen laufen einfach dran vorbei. Ist ja auch meist kein Schild dran. Wer sich nicht für Steine interessiert, der sieht die auch gar nicht.

Das ist mit allen Dingen so.

War auch gerade im letzten Sommer wieder mit meinem Sohn auf einer Radtour so. Zweimal habe ich doch einfach diese Stretchlimousine nicht gesehen, die er sofort sah. Er konnte es kaum glauben.

Er wiederum hat einfach die zwei Rehe und das Eichhörnchen nicht gesehen. - *Die haben ja zusammen auch höchstens ein PS.* -

Das mit dem Nicht-sehen kenne ich zum Beispiel auch schon aus WG-Zeiten. Wenn dich der Müll und der Abwasch nicht interessiert, dann siehst du den einfach nicht.

Bei den Steinen hat das vielleicht auch irgendwie was mit Vorstellungskraft und Phantasie zu tun. Ich glaube, wenn man manchen sagt: Guck doch mal die tollen Steine da, dann fragen die dich, was du meinst: den ollen Steinhaufen da? Und wenn du denen dann noch sagst: Halte doch mal deine Hände drüber, spüre die Kraft, die von ihnen ausgeht. Dann halten die dich schon gleich für bekloppt. Zumindest tickst du in deren Augen nicht so ganz richtig.

Vielleicht sagen sie dir dann auch noch, dass ihr Horoskop ihnen gerade heute gesagt hätte: Sei vorsichtig bei Scharlatanen.

Die meisten glauben eh nur das, was sie sehen. Ein paar Ausnahmen machen sie natürlich schon, so etwa beim Strom, beim Internet und bei Kopfschmerzen.

Sieht man alles nicht, hat man trotzdem.

Stein-Kraftplätze und Menschen mit heilenden Händen, das ist für manche alles Unsinn. Wenn da was passieren sollte, dann ist das für sie entweder Placebo-Wirkung oder halt Zufall.

Wenn zum Beispiel mal einer vom Heiler gesund würde, dann liege das doch bestimmt daran, dass der Geheilte vorher so viel Geld bezahlt hat, dass er hinterher nicht zugeben will, dass es ein Misserfolg war. Und falls es ein Erfolg war und er hat keine Krankheit mehr und es geht ihm richtig gut, dann ist das halt einfach Einbildung.

Ich persönlich stehe ja nicht so völlig auf mystische Heiler. Hab immer Angst, dass das dann so Gurus sind, die mich dogmatisieren wollen.
Sie erinnern sich vielleicht, das ist nicht so mein Ding. Ich gehe da lieber so richtig naturwissenschaftlich ran.
Ich stehe auf Energie.
Ist ja wohl die Grundlage von allem.
„Es werde Licht und es ward Licht."
So fing schon alles an.

Ich glaube denjenigen Wissenschaftlern, die sagen: Alles ist Energie. Selbst das, was so fest aussieht wie ein Tisch, besteht letzten Endes aus Energie.
Und wenn man sich mal so ein klitzekleines Atom genauer ansieht, dann kann man tatsächlich feststellen, dass da tatsächlich ganz schön Bewegung und Energie drin ist in all

den Teilchen, die sich da so um den Energiekern bewegen.

.Wenn man den alten Indern glauben darf, dann haben auch wir eine Menge kraftvoller Energie in uns, gebündelt vor allem in einigen Zentren, die sie Chakren nennen. Sieben Zentren soll es geben. Und wenn die Energie so richtig schön fließt, heißt es bei ihnen, dann ist man richtig gut drauf, richtig glücklich und so.

Wenn das bei Ihnen mit dem Glücklichsein nicht so sein sollte, tja, dann geht es Ihnen wie mir. Obwohl ich mich schon oft echt angestrengt habe, um die Energie richtig in Fluss zu bringen. Oft war wohl halt nur die Verteilung zwischen den Chakren nicht so ideal. Die unteren Chakren wollten zu viel Energie, sodass bei den oberen – im Kopfbereich- kaum noch was ankam. Soll nicht so gut sein, habe ich mal gelesen, weil dann das Gleichgewicht, der Gleichklang hin sei. Manchmal waren die Chakren bei mir wohl auch verstopft, dann musste ich sie mit Übungen mehrfach reinigen.

„Leg dich einfach hin. Entspann dich. Denke

an nichts. Lass die Energie fließen." Ist eigentlich wirklich nicht schwierig.
Tut richtig gut. Glauben Sie es mir.

Und wenn es Ihnen richtig, richtig gut gehen soll, dann machen Sie das einfach öfter mal, am besten regelmäßig. Einmal reicht nicht, meinen zumindest die meisten.

Einen Vorteil hat es auf jeden Fall: Wenn du einfach mal so entspannt daliegst und es fließen lässt, dann tust du auch allen anderen etwas Gutes. Du lässt sie in Ruhe, stresst sie nicht, versuchst nicht an ihr Geld zu kommen oder an ihre Frau. Und dann sind die anderen auch irgendwie entspannter.
Das wäre so eine richtige Ruhepause für alle.

Stell Dir mal vor – *ist jetzt nur so ein spontaner Gedanke von mir* – das täten alle in der Welt zur gleichen Zeit – das wäre ja überhaupt nicht auszuhalten. Das wäre nicht der Ur-Knall, das wäre die Ur-Ruhe; schrecklich, oder?

Aber ich für meine Person muss ehrlich zugeben, ich kann das schon aushalten, denn mir tut das richtig gut: Einfach so daliegen und die Energie fließen lassen. Ist gar nicht so schlimm und tut auch nicht weh, wirklich.

Es gibt da im Körper so Gebiete - *ich meine jetzt nicht Feuchtgebiete, sondern ganz normale Körpergebiete* – da war die Energie wohl noch nie oder kaum mal.
Wenn die Energie dorthin fließt, ist das ein ganz tolles, wohliges Gefühl.
Ist wirklich nicht schlimm.

Aber ich verstehe auch Ihre Einwände. Sie haben völlig recht. Wir leben nicht in Indien, und wir sind auch keine Inder, sondern Deutsche.

Wenn Ihnen das mit den Chakren zu esoterisch ist, dann versuchen Sie es doch einfach mal mit dem Atem. Der ist, glaube ich, global. Legen Sie sich ganz ruhig hin und atmen ganz entspannt, einfach so, einfach so … Hallo? Sehen Sie, war doch gar nicht so schlimm. Haben sogar ganz normale deutsche Ärzte in ihrem Repertoire.
Ich bin auch so für die ruhigen Dinge, darf auch ruhig ein wenig länger dauern.

Manchmal jedoch packt es mich so richtig.

Da gehe ich zu den alten Steinen und stell mich mitten in so ein Kraftfeld rein. Da geht's dann richtig los. Überall kribbelt es, und ich fühl mich wie aufgeladen voll Kraft. Soll wohl was mit Kraftlinien zu tun haben, die es überall über der Erde wie in einem Netz geben soll.

Tja, wer weiß.

- Einen Rat möchte ich Ihnen gern weitergeben in diesem Zusammenhang, auch wenn Sie es nicht so mit den Steinen und den Kraftfeldern haben: Bleiben Sie bitte nicht zu lange an solchen Orten (falls da doch mal ein Schild dran sein sollte), sonst sind Sie überladen. Sie wissen ja, wie schnell man schon auf 80 ist. –

Diese Erkenntnis verdanke ich einer überaus seltsamen Begegnung an einem Kraftplatz. Ich stand mitten auf einem Kraftplatz und spürte die Kräfte. Da kam wie aus dem Nichts eine Gruppe sehr gut schwarz angezogener Männer vorbei und sagte: „Passen Sie auf, zu viel Energie kann schädigend sein." Recht seltsam, nicht?

Aber so sind die Kraftplätze halt.

Es gibt ja tolle Steinplätze. Die haben so etwas, das fasziniert mich einfach.

Ich weiß auch nicht genau, warum.

Ich bin zum Beispiel vor einiger Zeit ein paar Jahre lang nach Österreich gefahren und bin dann mit dem Rucksack von Ort zu Ort und von Steinplatz zu Steinplatz gezogen. Es gibt da so eine Gegend, die ist bekannt für ihre Steine. Sind teilweise größere Gebiete mit richtigen Steingebilden in Form von Pyramiden, Weltkugeln, Skorpione, Mäusefallen und viele andere mehr. Ja, diese Plätze, die „sprechen" mich total an. Ich finde es einfach schön da zu sein, sie erfreuen mich. Das reicht mir; so einfach bin ich gestrickt.

Es gibt da auch phantastische Geschichten zu diesen Steinen, und auch einiges an altem Wissen und an Theorie der Geomantie dazu.

Aber mich interessiert das nicht so. Ich will ja kein Baubiologe werden.

Überall findet man solche Steine, wenn man sie sehen will.

Bestimmt auch direkt vor Ihrer Haustür.

Bei uns in der Gegend jedenfalls, da wimmelt es nur so davon.

Wenn wir schon mal so dabei sind, bei den Steinen. Eine Region gibt es, da zieht es mich immer wieder hin; ist wie ein Sog.
Ich hoffe, ich werde nicht irgendwann stoned davon.
Diese Region liegt im Elsass und ist ein relativ großes Areal.
Allerdings, wenn man dort im Zentrum ankommt und sein Auto abstellt, dann muss man erst einmal tief durchatmen. Kitsch und Hektik erwarten einen dort - im heutigen Kloster.
Man muss dann einfach ganz schnell in die Natur losgehen. Nur ein paar hundert Meter weiter und man ist gleich in einer ganz anderen Welt.

Diese Verbindung von Steinen und Natur ist für mich einmalig und grandios.
Ich komme da gleich ins Schwärmen.
Wenn ich entlang der Steinreihen gehe, dann haut es mich um, dann bin ich in den Bann gezogen. Ich gehe und gehe. Und bin voll Begeisterung. Es bereichert mich und erfüllt

mich mit Freude.   Einfach so olle Steine.
Können Sie das nachvollziehen? Finden Sie
das irgendwie seltsam?
Ja, ich muss es zugeben. Ich habe da so Züge
an mir, die reichen fast ins Spirituelle; obwohl ich Politik studiert habe.

Ich glaube, ganz schlimm ist es bei mir jedoch noch nicht.

Und wenn ich mir die heutige Welt so angu-
cke, Erbarmen, dann ist das Spirituelle auch
schnell wieder weg, wirklich. Da könnte ich
tausend Leserbriefe schreiben. Dann bin ich
manchmal richtig wütend und sauer.

Und dann muss ich einfach handeln, und
dann gehe in den nächsten Naturkostladen,
kauf mir Biogemüse und koche mir was
Feuriges. Da kenn ich nichts. Und das mit
den Steinen, das ist ja auch meist nur im Urlaub.

Aber so ein bisschen von meinem Ich ist das
schon auch.

VIII

Die Stellvertreter

Vor vielen Jahren bin ich da in etwas rein geraten, das ich zuerst gar nicht glauben wollte. Es war ein ganz spezieller Workshop, bei dem es darum ging, sehr tief sitzende Probleme/Konflikte zwischen Personen zu lösen.

Damals waren diese Workshops noch wenig bekannt. Heute dagegen haben viele zumindest schon davon gehört.

Als ich das erste Mal zu so einem Workshop fuhr, wusste ich nicht viel davon, was da so abgehen würde. Ich hatte nur mitbekommen, dass die Übungen sehr hilfreich und lösungseffektiv sein sollten. Aber irgendwie war das Ganze auch geheimnisumwittert – für mich. Man sagte mir, wie und warum es so wirken würde, das könnte keiner so genau sagen.

Ist halt so wie mit Homöopathie, dachte ich mir. Wirkt, aber man weiß auch nicht so genau, warum. Ist so wie mit den meisten Dingen, keiner weiß, wie sie richtig wirken.

In der Physik sagt man meist, wenn man es nicht so genau weiß, da wirkt eine Kraft. In der Liebe ist es ähnlich.

Mit diesem fundierten Unwissen fuhr ich also zum Workshop-Haus und war gespannt, wen ich da alles so treffen würde.

Vermutlich waren das alles Menschen mit ganz immensen Problemen, nicht so welche wie ich, der ich ja nur aus Neugier da war.

Obwohl, so ein klitzekleines Problem konnte ich auch einbringen; ich wollte ja schließlich nicht als Außenseiter dastehen. Ohne Problem hätten die anderen sonst sicher gemeint, ich sei verschlossen oder verklemmt, und das sei mein Problem.

Die anderen Teilnehmer wirkten auf den ersten Blick erst einmal irgendwie normal auf mich; die konnten sich sicher nur gut verstellen.

Auch beim gemeinsamen Kaffeetrinken konnte ich trotz großer Bemühung noch nichts richtig Auffälliges erkennen; die waren eigentlich ganz nett. Zwei Teilnehmer hatten schon einmal einen solchen Workshop an gleicher Stelle mitgemacht. Sie waren ganz begeistert, insbesondere vom Workshopleiter, der sei sehr gut ausgebildet und sehr kompetent.

Ich wunderte mich schon, warum sie dann noch einmal teilnahmen. Vermutlich hatten die wohl mehr als ein Problem; soll es ja auch geben.

Und dann ging es richtig los.

Ich merkte gleich, Mist, das ist ja wirklich keine Spielerei, kein Rollen- oder Theaterspiel, da geht's ja gleich richtig zur Sache.

Wenn du an so etwas noch nie teilgenommen hast, glaubst du es zu Anfang gar nicht. Es ist ja auch eigentlich nicht zu glauben.

Es geht zum Beispiel um ein schweres Familienproblem. Der Fragesteller wählt dich als Stellvertreter aus für seinen Vater. Er stellt dich hin an einen bestimmten Platz, mit einer bestimmten Blickrichtung. Dann werden Stellvertreter für die Mutter, die Kinder etc. ausgewählt. Man sagt dir: Steh einfach da und sei die Person. Du weißt pur gar nichts über diese Person, stehst einfach da. Und mit einem Mal geht irgendetwas ab mit dir. Irgendwie bist du dann diese Person, du denkst wie sie, du empfindest wie sie, ja du sprichst wie diese Person. Unglaublich.

Der Fragesteller, der genauso baff ist wie du, bescheinigt dir das hinterher. „So hat mein Vater sich auch immer am Kinn gekratzt."

Das gibt es doch einfach nicht!

Was passiert da? Kann das denn sein? Sind das Taschenspielertricks? Wird man hypnotisiert? Unglaublich das Ganze!

Und dann stellt man selber sein Problem auf. Man will es nicht glauben, wie die Stellvertreterin der eigenen Mutter das macht. Genau so war meine Mutter wirklich. Keiner kennt meine Mutter. Nichts habe ich von ihr erzählt, weder dem Workshopleiter noch einem Teilnehmer.

Dinge werden gezeigt und ausgesprochen, die ganz schön tief verdeckt und verborgen waren. Strukturen werden deutlich. Verständnis entsteht. Verzeihen. Versöhnung.

Ist das nicht trotzdem Teufelszeug?

Hallo, ich bin Politologe. Wie soll ich das denn meinen Kollegen erzählen?

Die Personen, die da mit einem Mal durch

die Stellvertreter agieren, sind doch teilweise schon lange tot. Ist das nicht spiritistisch?

Ich bin doch kein Tischerüttler!

Okay, man kann nicht alles verstehen, was es in der Welt gibt. Aber so was.

Gut, in Afrika, die mögen vielleicht mit ihren Ahnen sprechen. Aber hallo, wir sind schließlich aufgeklärte Europäer, die halten doch wohl nichts von solchem Aberglauben und solchen Dingen, oder?

Ist das vielleicht das Unterbewusste, das da hochkommt? Aber das sind ja im Moment der Aufstellung gar nicht wir, wir stehen ja für die Anderen. Irgendwie ist es nicht zu glauben.

Aber es ist auch irgendwie faszinierend.

Und es hilft total gut bei Problemlösungen, wie ich inzwischen weiß.

Das Ganze wirkt so gut, dass heute inzwischen selbst größere Firmen mit diesem Mittel der Aufstellungen in ihren Organisationen und Teams arbeiten. Die haben es einfacher: Für die zählt einfach nur der Erfolg.

Irgendwie hat mich das mit den Aufstellungen lange beschäftigt. Immer mehr seriöse Menschen haben mir begeistert von der starken Lösungs- und Versöhnungskraft erzählt.

Aber irgendwie bekomme ich es nicht so richtig in meinen wissenschaftlichen Politologenkopf. Ich will mich da auch nicht so einlullen lassen, nur weil es wirkt. Wenn ich es nicht selbst erlebt hätte, würde ich vermutlich über die Aufstellungen als Vodoo-Veranstaltungen mit Hexenmeistern spotten.

Manchmal denke ich jedoch auch, dass ich mir darüber so sehr einen Kopf mache, liegt daran, dass ich mir nicht eingestehen will, dass es einfach Dinge gibt, die ich nicht erklären kann.

Ketzerisch stelle ich zuweilen die Frage: Könnte es tatsächlich sein, dass es Dinge gibt, die wir nicht verstehen können, trotz Technik, Wissenschaft, Internet, Google und Wikipedia? Vielleicht sind wir ja doch nicht diese Alleswisser, wie wir es immer gern behaupten.

Oder kann mir vielleicht mal jemand erklä-ren, vielleicht Sie, geneigter Leser, warum wir Billionen in Waffensysteme stecken, ob-wohl wir mit einem Bruchteil der Mittel den Hunger besiegen und die Menschen so glücklich machen könnten, dass sie gar keine Kriege mehr führen wollten? Verstehen sie das denn?

Früher, ja da konnte man es sich noch einfa-cher machen. Da sagte man eben:
Es gibt Dinge zwischen Himmel und Erde, die wir uns nicht erklären können. Basta! Das reichte damals. Aber heute, da meint man alles erklären zu müssen und zu kön-nen.
Und wenn da mal einer in so einen seltsa-men Workshop geraten ist und dann nicht alles versteht, aber hallo, es gibt doch wohl ganz andere Probleme heute.

Ist der schwedische König nun fremdgegan-gen oder nicht? Wie ist Dianas Unfalltod zu erklären? Steigt Werder Bremen etwa ab?

Und dann müssen wir unsere Kräfte ja schließlich auch noch zur Beseitigung der Finanzkrise einsetzen und für viele andere

Probleme der Welt. Das sind wesentliche Sinnfragen, mit denen sich Politologen beschäftigen sollten, aber nicht mit Spökenkiekerei.

Irgendwie haben Sie alle natürlich schon vollkommen recht. Ich sehe Ihre Einwände auch völlig ein.

Aber irgendwie würde ich halt doch nach wie vor gern wissen, wie das mit den Aufstellungen funktioniert.

Aber in manchen stillen Momenten, vielleicht wenn ich gerade mal auf meinem Kontemplationsbänkchen sitze, flüstert mir mein Ich auch ins Ohr, dass sich ein Teil meines Ichs einfach nicht alles erklären kann, und dass dies auch ein Teil meines Ichs ist.

So ist das nun mal!

IX

Die Sache mit dem lieben Geld

Wie viel Geld braucht man, um glücklich zu sein? Wie viel Geld braucht man, um das zu machen, was man wirklich, wirklich will?

Sicher haben Sie sich schon einmal diese oder ähnliche Fragen gestellt oder andere haben Sie gefragt: „Was würdest du machen, wenn du 6 Richtige im Lotto hättest?"
Eigentlich ist diese Frage ja relativ einfach zu beantworten. Man kauft sich ein Haus, einen Audi TT, macht eine Weltreise und lebt danach von den Zinsen.
Zumindest für die nächsten drei Monate. Weil - irgendwie ist das Geld dann doch schnell weg.

Hier mal einen kleinen Mini für die Tochter, da mal eine Top-Küche für die Mutter, hier mal eine Runde im Schützenverein, da mal eine Sektrunde in der Stammkneipe. Man möchte ja nicht als geizig gelten.
Und überhaupt: Kleine Geschenke erhalten die Freundschaft.
Obwohl, ich habe da ja meine Zweifel.

Ich glaube, das haut meist nicht lange hin. Wenn das Geld alle ist, dann ist es auch häufig mit den neuen Freunden aus. Und die alten Freunde sind zudem auch noch oft sauer, weil sie meinen, sie hätten mehr bekommen sollen oder die falschen hätten zu viel bekommen. Es wird eher komplizierter, manchmal neidvoller und all diese Dinge. Von daher, wenn Sie mal einen großen Lottogewinn haben sollten, ersparen Sie sich den Stress. Kaufen Sie sich ein kleines Häuschen und einen Passat, fahren Sie an die Ostsee oder in den Schwarzwald, dies alles neidet Ihnen keiner, und den Rest geben Sie am besten mir, ich lege das richtig gut für Sie an.

Ich habe da so ein Projekt in Abu Dhabi, das ist todsicher, wirklich! Sie können mir wirklich vollkommen vertrauen.

Noch mal zurück zur Ausgangsfrage. „Wie viel Geld braucht man, um glücklich zu sein?"

1 Million, 2 Millionen, 10 Millionen (man muss ja die Inflation berück-sichtigen)? Und in welcher Währung? Euro? Dollar? Saudi Riyal? China Renminbi Yuan?

Und dann natürlich die Frage, wie lege ich das Geld am besten an?
In 1%ige Bundesanleihen?
Ich bitte Sie!

Mein Finanzberater sagte ja immer: Aktien wären langfristig das Beste.

Tief einsteigen bei Zukunftsaktien – wie z.B. IT-Aktien – und dann mit hohem Gewinn verkaufen. Er hatte wirklich Ahnung, und so bin ich damals in den 90ern seinem Rat gefolgt. Hörte sich gut an der Wert – Biodata – kam auch noch aus unserer Region. Und es ging auch so richtig toll ab mit der Aktie, der Kurs schnellte rascher hoch als ein Thermometer bei Fieber. Verkaufen? Ne! Alle haben gesagt, da ist noch viel mehr Phantasie drin. Alle Aktienanalysen sahen zumindest eine Verdopplung vor. Das war quasi ohne jedes Risiko. Alle können doch nicht irren.

Okay, es kann natürlich schon mal sein, dass viele mal falsch liegen und dass dann so was wie eine Blase entsteht – und wenn dann zu viel Luft drin ist – dann platzt die halt auch mal. Warum das dann unbedingt auch bei

Biodata sein musste, ist mir allerdings bis heute ein Rätsel bei dem Potenzial, das die Aktie hatte. Ein bisschen besänftigt war ich dann später, als ich mitbekam, dass wohl viele auf so Luftblasen reingefallen waren. Man will ja schließlich nicht allein der Looser sein, oder? Beruhigt war ich auch, als ich in einem Fernsehbericht sah, dass dieser junge sympathische und so dynamische Firmengründer den Crash einigermaßen gut überstanden hatte, ihm blieb zumindest sein Schloss.

Aber stellen Sie sich das mal vor, diesen Absturz vom Milliardär zum einfachen Schlossbesitzer. Da sind meine zweitausend, die ich in den Sand gesetzt hatte, doch wirklich Peanuts, oder? Und überhaupt: durchatmen, neue Projekte starten, so wie dieser sympathische Unternehmer mit seinem Schlösschen, das hat Größe und Vorbildcharakter.

Mein Bankberater sagt mir ja dann auch, das wäre eh ein Fehler gewesen, so auf eine einzige Aktie zu setzen. Man müsste besser auf Fonds setzen, die hätten eine breitere Streuung, da würden sich Verlust und Gewinn ausgleichen - manchmal jedenfalls. Langfristig, wenn man den Fond mindestens 50 Jahre halten würde, würde der immer Gewinn abwerfen. Also immer lange halten, selbst wenn es dann nur für die Enkel ist. Außerdem würden die Fonds immer von ganz seriösen Bankern verwaltet. Ich glaube schon, dass die sich wirklich drum kümmern, die wollen ja da auch selbst dran verdienen. *Allerdings sagte mir mal ein Bekannter, die würden auch dann daran verdienen, wenn die Fonds Verluste machen würden, das ist wohl wegen der Fondsverwaltung oder so.*

Mein Banker sagte mir dann auch, das mit der IT-Branche sei insgesamt irgendwie riskant und auch sehr spekulativ gewesen. Das hätte er mir auch schon damals gesagt, meinte er. *Ich kann mich da nicht mehr so dran erinnern; man wird halt alt und vergesslich.* Für die Zukunft riet er mir dann, in so grundsolide Werte zu investieren, am besten gleich in Grund und Boden, der bleibt schließlich immer erhalten. Er hätte da so einen Fond oder so etwas ähnliches, der wäre todsicher, der würde von einer ganz alt eingesessenen TopBank in den USA verwaltet, den Lie-Men-Brothers oder so ähnlich.

Wie die Geschichte dann weiterging, das brauche ich Ihnen wohl nicht erzählen, das gehört ja heute zum allgemeinen Wissens-Kulturgut.

Ich habe da allerdings nie investiert. Ich habe es nicht so mit der Auslands-Geldanlage. Außerdem wollte ich damals auch den Osten unterstützen und habe daher in Grund und Boden in Leipzig-West investiert. Die hatten so richtig gute Prospekte. Und ich konnte auch irgendwie nicht anders, manchmal muss ich einfach helfen.

Da waren auch wirklich richtige Profis am Werken, die schafften das noch viel schneller mit der geplatzten Luftblase als die Lie-Men-Brothers. Liegt wohl daran, dass die Plattenbauten heute irgendwie out sind, oder?

Meine Oma legte ihr Geld ja immer unter ihr Kopfkissen, wegen der riesigen Finanzkrise, die sie damals erlebt hatte. Außerdem kaufte sie Silberbesteck; das könne man dann später mal besser in Brot eintauschen als einen Sack mit Geldscheinen, sagte sie immer.

Meine Frau schwankt meist zwischen Vergraben und Bundesanleihen. Meist hat sie sich für Letzteres entschieden. Tja, ich glaube, sie fuhr gar nicht so schlecht damit. Wenn man die Inflationsrate mit berücksichtigt, war ihr Geld noch so viel wert wie vor 10 Jahren, immerhin!
Sie wollte sich auch gar nicht stündlich um ihr Geld kümmern, sie hatte ja schließlich Haushalt und Beruf.

Wir Männer sind da ja glücklicherweise ganz anders gestrickt. Wir brauchen den Nervenkitzel, wir lieben das Abenteuer und das Spiel und brauchen irgendwie den Adrenalinstoß, oder sollten wir etwa Drogen nehmen?

So ein bisschen spekulieren, das macht doch sicher auch Ihnen, lieber männlicher Leser, irgendwie Spaß, oder liege ich da jetzt so falsch?

Es macht doch auch Spaß; jedenfalls solange die Kurse steigen. Und wenn die Kurse fallen? Zukaufen, zukaufen! Das weiß doch jeder.

Nur wenn sie unter zwei Cent sind, dann lassen Sie es besser, das wäre dann wirklich extrem spekulativ. *Obwohl, ich kannte mal einen, der hat es trotzdem gemacht; ich glaube allerdings, so richtig glücklich ist er dabei nicht geworden.*

So ein bisschen zocken, das hält einen doch irgendwie gesund und jung.

Es gibt da natürlich so ein paar Superkritiker, die meinen, die ganze Zockerei zeige doch nur, dass viele Männer nie richtig erwachsen würden. Die behaupten dann sogar, nicht nur an der Börse, sondern auch in vielen Behörden und Firmen gehe es manchmal zu wie im Kindergarten.

Das sind natürlich ganz böswillige Unterstellungen von Leuten, denen man wohl mal ihr Playmobil, pardon, ihren Posten weggenommen hat.

Ich finde, irgendwie ist das mit den Finanzen bei mir zwar ab und zu nicht so doll gelaufen, aber man macht doch wertvolle Erfahrungen dabei.

Aber ich bin da trotzdem raus aus dem Ganzen.

Jetzt stellt sich für mich aber ein ganz anderes Problem: Was macht man mit der vielen Zeit, die man auf einmal hat, weil man nicht mehr ständig auf die Kurse gucken muss?

Tja, es gibt da Leute, die stellen sich in solchen Momenten die Frage: Wenn mich die Zockerei und das Geld vielleicht doch nicht vollkommen glücklich macht, was macht mich denn dann glücklich? Oder um es mit Frithjof Bergmann zu präzisieren: Was macht mich denn wirklich, wirklich glücklich?

Aber das ist eigentlich schon wieder eine andere Geschichte.

Ich möchte Ihnen vorher lieber noch von einem Ehepaar erzählen, das ging irgendwie merkwürdig mit Geld und den Finanzen und dem Ganzen um. Die sagten immer, für sie wäre das mit dem Geld überhaupt kein Problem. Sie hätten immer so viel, wie sie bräuchten.

Ja, ja, die waren schon irgendwie seltsam. Und wenn man sie dann so ein wenig nachsichtig und mitfühlend ansah, dann erzählten sie immer diese Geschichte, wie sie einmal ein großes Grundstück mit Häusern drauf für ein Projekt kaufen wollten und sie dafür so gut wie gar kein Geld hatten. Erst hätten sie wochenlang gerechnet, was sie so brauchen würden zum Leben und für die Zinsen und alles andere; immerhin hatten sie zwei kleine Kinder.

Sie rechneten und rechneten. Auto, Versicherung, Zeitung, Windeln, Lebensmittel, Grundsteuer usw. usw.. Sie ließen die Bananen weg, die Zeitung, das Kino, wollten sich nur noch drei Mal die Woche ein Bier gönnen. Aber es reichte noch immer überhaupt nicht.

Irgendwann hatten sie dann allerdings genug von dieser ständigen Rechnerei.

Sie sagten sich dann: Wir wollen dieses Projekt, wir brauchen dieses Grundstück dafür, also kaufen wir es, basta! *(Mit richtig dickem Ausrufezeichen.)*

Und dann wandten sie so eine Art Zaubertrick an. Und sie sagten:" Und wir werden immer so viel Geld haben, dass wir das Haus abbezahlen und auch noch gut leben können." – Einfach so. Einfach unglaublich.

Aber die beiden glaubten irgendwie daran.

Dass sie daran so fest glaubten, das war der Unterschied der den Unterschied zu anderen ausmachte, die es nur wollten.

Die hatten so ein Vertrauen in das Leben, dass ich stark vermute, die beiden waren irgendwie esoterisch angehaucht, sonst kann man sich so etwas ja auch gar nicht erklären. Das Schönste aber war, es klappte sogar bei ihnen. Es taten sich Möglichkeiten auf, an die sie nicht im Entferntesten gedacht hatten. Z.B. kamen Leute, die sich auf Ihrem Grundstück ein Gebäude ausbauten, das die beiden nie für bewohnbar gehalten hätten. Und die zahlten später sogar noch Miete dafür.
Und lauter ähnliche Dinge passierten dann.

Als sie einmal den Trick raus hatten, wandten sie den einfach auf alle Dinge des Lebens an.

(Ich glaube, nur mit dem Audi TT hat das wohl damals nicht so richtig geklappt. Ist halt keiner perfekt.)

Und sie lebten glücklich ihr Leben …..

Ganz ohne Geld? Nein, mir hat mal einer gesagt, irgendwie braucht man es schon, dieses Geld. Aber wenn man immer so viel erhält, wie man gerade braucht, ist doch immerhin so ein bisschen vom Stress weg, oder?

Da so hin zu kommen, ist natürlich ein langer Weg, haben mir die beiden mal in einer stillen Stunde erzählt; das wäre auch so ein Weg mit vielen Umwegen.

So eine kleine Anregung zum Thema des Umgangs mit Geldfragen möchte ich Ihnen zum Schluss dieses Abschnittes schon mal geben; ich bin ja ein netter Mensch.

Eigentlich mache ich das sonst ja nicht so mit den Ratschlägen; ich bin ja irgendwie schon eher systemisch orientiert, da macht man das nicht; aber weil Sie es halt sind mache ich es jetzt doch; sei's drum.

Außerdem gebe ich Ihnen ja auch nur den

Ratschlag weiter, den mir das besagte Ehe-
paar erzählte und den sie zur Weitergabe
frei gaben.

Also, es fängt auch erst einmal ganz klein
an; nicht gleich mit Geldscheinen.
Probieren Sie es zu Anfang erst einmal mit
Parkplätzen.
Nehmen Sie ihr Ziel ganz genau ins Auge
und dann sagen Sie sich gleich, wenn Sie
losfahren, dass Sie einen Parkplatz haben
möchten direkt vor dem Fitnessstudio, damit
Sie nicht so weit laufen müssen.

Bin mal gespannt, ob das bei Ihnen klappt.

Wenn es bei Ihnen nicht gleich funktioniert,
dann machen sie sich nichts daraus. Wenn es
beim ersten Mal nicht funktioniert, dann haben Sie halt einfach noch nicht genug Vertrauen gehabt. Einfach weiterüben. Irgendwann bekommen Sie bestimmt einen Parkplatz.

Und dann dehnen Sie das einfach auf alle
Sachen aus; auch aufs Geld.

Bei dem Ehepaar hat das ja schließlich auch
geklappt.

Auch mir haben die Geschichten dieses Ehepaars so gut gefallen, dass ich ihr Verfahren nun auch bei ein paar Dingen einsetze, z.B. um immer einen freien Parkplatz oder das letzte freie Zimmer in einem Hotel zu bekommen. Auch mit dem Geld klappt es manchmal sogar. So ist bei mir die Vorstellung, dass ich immer all die Dinge, die ich – **wirklich** – brauche, auch bekommen werde inzwischen zu einem gewissen Teil meines Ichs geworden.

X

Out-door

Ich gehe wirklich gerne aus der Tür. Am liebsten in die Natur.

Outdoor, das hat für mich so einen Klang nach Abenteuer und nach Männlichkeit. Ich spüre den rauen Wind auf der Haut, die Sonne brennt, der Anstieg ist steil. Ab und zu peitscht mir der Regen ins Gesicht.
Oh, das hat was, das sticht so ab von der vermieften Luft im Arbeitszimmer, vom warmen Wohnzimmer, vom geregelten Alltag.

Ich ziehe meine Wanderschuhe an, schnapp mir den Rucksack und dann geht es los. Am besten in Gegenden, wo kaum mal ein Auto hinkommt und wo man noch so richtig Teil der Landschaft sein kann.
Ich spüre den Boden unter meinen Füßen, jede Unebenheit, jede Wurzel. Und bei jedem Schritt spüre ich auch mich. Das hat so etwas Vitales und Direktes.
Es bewirkt bei mir so ein Gefühl von Unabhängigkeit und Freiheit.

Ich spüre den Rucksack auf der Schulter. Es ist so ein richtig gutes Gefühl, denn ich weiß, hier in meinem kleinen Rucksack habe ich alles dabei, was ich benötige. Es fehlt mir an Nichts. Wie oft hat man schon dieses Gefühl. Es ist unbezahlbar. Kein noch so exquisites Wellness-Angebot kann da bei mir mithalten.

Ich schließe kurz die Augen und spüre die Natur um mich herum.
Wild schlängelt sich ein kleiner Bach durch den Wald. Der Wanderweg geht direkt daran entlang. Die Sonne scheint durch das Astwerk der Bäume. Der Bach sprudelt durch kleine Felsen. Ein Schmetterling flattert mir voran.

Die Schönheit der Natur nimmt mich irgendwie gefangen. *Obwohl das richtig kitschig und prospekthaft klingt, oder?*

Ich ziehe mit meinem Rucksack von Ort zu Ort. Ich gehe auch, wenn es regnet oder schneit. *Nicht nur, wenn die Sonne scheint und die Schmetterlinge flattern.*

Haben Sie schon mal die Stille der Natur so richtig tief empfunden?

Sie hat eine Kraft und Intensität, die sich mir ganz leise, fast heimlich mitteilt und erschließt, und die mich dann gefangen nimmt und irgendwie beglückt.

Für mich ist die Natur ein Medium, in dem ich die Zeit und Muße habe, zu mir selbst zu finden. Kein Alltag stört, keine Verpflichtungen, kein Lärm. Hier drängt mich nichts, hier habe ich den Raum, um mich wirklich zu öffnen.

Ab und an nehme ich mir einen ganzen Tag Zeit, um Antworten auf wichtige, mich berührende Fragen zu finden. Ich orientiere mich dabei ein wenig an dem, was die Indianer „Medizinwanderung" nennen.

Das bedeutet wohl, dass für die Indianer die Natur die Medizin für vieles ist. Das sehe ich auch so.

Ich gehe los bei Sonnenaufgang und kehre zurück bei Sonnenuntergang.

Den ganzen Tag ist Fasten angesagt. Nur reichlich Wasser nehme ich mit. Ich bin für alle Wetter gut ausgerüstet. Wenn ich starte, baue ich mir eine symbolische Schwelle aus Ästen oder Rinde oder Steinen, halt was gerade so da ist in der Natur. Ich beginne meine Wanderung, indem ich diese Schwelle überschreite und betrete damit so etwas wie einen rituellen Raum.

Sie wissen ja, ich habe es mit diesen Indianern. Und „rituell" das klingt doch auch richtig gut, oder?

Ich gehe einfach los, ohne Ziel, ohne Karte, ohne Plan. Ich lasse mich einfach vom Augenblick leiten, nichts treibt mich. Ich versuche keinerlei Erwartung zu haben. *Ist gar nicht so leicht.*
Ich versuche jedoch achtsam zu sein, mich einzuspüren in die Natur, mich ziellos führen zu lassen. Ich spüre den Boden. Hier ist er hart, dort ist er weich, dann wird er glitschig; ich muss aufpassen, nicht zu fallen.

War das nicht die letzten Tage auch so bei mir, war ich nicht ein wenig dabei, die Richtung kurz zu verlieren?

Ich gehe weiter. Der Weg gabelt sich nun. Wie entscheide ich mich?

Ich versuche einfach meiner Intuition zu folgen. Beim Weitergehen achte ich auf den Wuchs der Bäume. Ich sehe sie mir genau an. Können sie mir etwas sagen? Wollen sie mir etwas sagen? Und bin ich wirklich offen dafür, was sie mir sagen wollen? Oder möchte ich nur bestimmte Dinge hören und wahrnehmen?

Eine interessante Frage, oder?

Beim Gehen sinne ich ein wenig darüber nach. Irgendwann verlasse ich dann den Weg. Ich gehe einfach querfeldein. Warum immer die befestigten Wege gehen? Weil sie bequem sind? Weil es querfeldein mühsam ist?

Aber die bequemen Wege sind auch die ausgetretenen, die schon viele gelaufen sind. Ich bin doch auf der Suche nach meinem Weg, den bisher noch keiner gegangen ist. Den muss ich mir doch wohl schon selber treten.

Hat das nicht etwas von einer Forschungs-, einer Entdeckungsreise? Ich merke mit einem Mal, wie ich ganz anders dabei bin. Das ist ja jetzt richtig spannend.

Nach einiger Zeit wird mein Weg versperrt durch dichtes Gehölz und vielen Brombeerranken. *Was will mir das denn nun wieder sagen? Was meinen Sie denn? Lassen Sie Ihren Gedanken einfach freien Lauf.*

Ich gehe ein kleines Stück an diesem Heckenhindernis entlang. Mit einem Mal entdecke ich einen schmalen Durchlass. Ich zwänge mich hindurch. Dahinter ist eine kleine freie Fläche. Und dann beginnt – fast wie aus dem Nichts - ein breiter, schöner Weg.

„*Aus dem Nichts?"geht es mir durch den Kopf. Lange beschäftigt mich dieser Gedanken-Weg, der ganz plötzlich, ohne Vorankündigung, wie aus dem Nichts entstand. Ich denke an das Nichts der Kontemplation, an mein Meditationsbänkchen. Hier in der Natur wird das Nichts mit einem Mal so plastisch, so real. Hier lasse ich mich auf diese Gedanken und Empfindungen ein. Bestimmt könnten mir auch sonst in meinem Leben die Dinge etwas sagen, aber da schiebe ich sie vielleicht einfach beiseite, bin ohne geduldige Achtsamkeit, im Alltagsstress und nicht aufnahmebereit dafür. Hier in der Natur lasse ich mich einfach darauf ein.*

Nach kurzer Zeit stoße ich auf einen kleinen Teich. Ich lege meinen Rucksack ab. Setze mich ins Gras am Ufer und lehne mich vertrauensvoll an einen starken Baum, der am Rande des Teiches steht. Es ist jetzt Zeit, mich auszuruhen. Ich bin schon einige Zeit gegangen. Ich ziehe meine Wanderschuhe und Socken aus, und halte die Füße ins kühle Wasser. Herrlich, wie mich das erfrischt. Ich trinke einige kräftige Schlucke Wasser aus meiner mitgebrachten Flasche. Das tut gut. Es ist schön hier am Teich. Er hat so etwas Verträumtes.

Ich weiß nicht, wo ich hier bin. Ich war noch nie in dieser Gegend, noch nie an diesem Teich. Und doch fühle ich mich hier gut aufgehoben und geborgen.

Ich spüre, wie viel Kraft mir dieser Wald, diese Natur gibt – er ist nur für mich da, kostenfrei.
Ist nicht auch in der Welt alles für mich da, was ich benötige?
Ich sehe eine Eichel im Gras liegen. Ich hebe sie auf. Hat sie nicht alles, um später einmal ein so großer Baum zu werden wie der, an

dem ich mich gerade anlehne? Ich werde die Eichel mitnehmen. Sie ist für mich ein Zeichen auch für mich selbst. Dass ich alles in mir habe, um stark und stützend für andere zu sein.

Vielleicht muss ich dafür nur manchmal die ganz bequemen Wege verlassen.

Ich ziehe mir die Wanderschuhe wieder an. Nehme den Rucksack und danke dem Baum für die schöne Rast und die Eichel.

Irgendwie beschwingt ziehe ich weiter. Ich stolpere über einen Stein.

Achtsam sein, lieber Horst, sage ich mir.

Selten habe ich mich so wohl gefühlt mit mir selbst, habe ich mich selbst so umsorgt, war ich so identisch mit mir.

Ich muss an meinen Berlin-Indianer denken. Jetzt war es wieder wie damals nach diesem intensiven Workshop, auch jetzt auf meinem Weg beginnt, dass alles um mich herum mir etwas sagt, jeder Strauch, jeder Grashalm, jeder Stein. Es ist eine Kommunikation ohne Worte. Und doch ist es ein Austausch.

Die Natur hält alles bereit, das Leben hält alles bereit für mich, wenn ich ihm nur vertraue.

Ich musste mit einem Mal an die vielen Rucksackwanderungen denken, bei denen ich von Ort zu Ort gezogen war, ohne vorher genau zu wissen, wo ich abends ankommen würde. In manchen kleinen Weilern gab es gerade mal ein oder zwei Privatzimmer. Doch ich buchte nie vor. Irgendwie war ich mir sicher, dass ich immer ein Bett bekommen würde. Und wenn die Vermieter oder Wirte dann erfreut ausriefen: „Da haben Sie aber Glück gehabt. Das war das letzte freie Bett im Ort", konnte ich mich meist nicht zurückhalten und antwortete frech: „Ich brauche doch auch nur eins."

Einige Stunden war ich schon unterwegs. Doch irgendwie fühlte ich mich belebt, die Füße taten mir nicht weh. Ich fühlte mich wie der Frederic aus einem dieser schönen Kinderbücher, der Sonnenstrahlen für den Winter sammelte. Ich sammelte Eindrücke, Empfindungen, Gedanken, Visionen, Träume, Schönheit.

Am Abend bei Sonnenuntergang erreichte ich wieder – wie von Geisterhand aus unbekannter Gegend auf fremden Pfaden zurückgeführt – meine selbst gemachte Schwelle; diesmal von der anderen Seite. Ich zerstörte diese Schwelle und war wieder im Alltag angekommen.

Back at home. Oh, happy day!

Ich bin natürlich nicht immer nur mit diesen Medizinwanderungen unterwegs, das ist und soll was Besonderes für mich bleiben.

Ich will ja schließlich auch nicht jeden Tag eine neue Vision haben.

Meist mache ich relativ normale Wanderungen, oft zusammen mit meiner Frau. Wenn es uns gelingt, keine Probleme zu wälzen, dann können wir die Natur gut genießen, vor allem wenn es so richtig romantisch schön ist.

Es gibt dann allerdings auch immer mal so Momente bei mir, da kann ich mich nicht mehr zurückhalten und dann platzt es förmlich aus mir heraus: „Ist das nicht schön? Ist das nicht schön? Ist das nicht…"

Ich bin halt manchmal so ein richtig enthusiastischer Typ, verstehen Sie?

Ein Blick meiner Frau lässt mich dann meist verstummen. Ich bin ja sensibel.
Aber wenn das doch auch so schön ist.

Sind Sie mal mit Langlaufskiern durch eine Schneelandschaft gefahren, in der die einzelnen Schneekristalle durch die Sonne wie Diamanten glänzen? Haben Sie mal die blaue Stunde im Gebirge bei Schnee erlebt?
Hallo? Natürlich ohne Kopfhörer!
Das sind einfach phantastische Eindrücke.

So richtig hart hat es mich mal gepackt als ich mit meiner Frau in Thailand in einem Dschungelpark war. Wunderschöne blühende Blumen und Sträucher standen um unsere einfache Bambushütte, im Hintergrund war eine tolle Bergkulisse zu sehen, prächtige Schmetterlinge und auch ein exotischer Vogel flatterten um mich herum. Ich lag in einer Hängematte, der Ventilator rauschte leise, ich lag da mit einem Glas Thai-Whisky in der Hand, und dann strömte es einfach aus mir so heraus, irgendwie ergriffen von der Situation, die Tränen im Auge: „Ist das nicht wie im Paradies?" - Tja, meine Frau hat es wirklich nicht einfach mit mir.

Weil ich halt irgendwo so ein richtiger Gefühlsmensch bin. Das kann ich einfach nicht ändern; ich weiß auch nicht, ob ich es überhaupt ändern sollte und wollte; warum eigentlich auch?

Vielleicht hat Sie ja mein Bericht an manchen Stellen an Erzählungen wie im Märchen erinnert. Der Eindruck ist vielleicht auch gar nicht so falsch. Irgendwie kam ich mir schon hin und wieder vor wie in einer ganz anderen Welt, die so gar nicht zu unserer rauen Wirtschaftswelt passte.
Aber diese Welt gibt es tatsächlich. Ich habe sie mit eigenen Augen gesehen.

Für mich ist dieses Eintauchen in die Natur inzwischen natürlich auch schon ein gewisser Teil von meinem Ich geworden.

Epilog: Aufbruch zur neuen Reise

Sie haben mich ja nun schon ein recht großes Stück auf meiner Lebensreise und auf meiner Suche nach meinem Ich begleitet. Es war schon richtig spannend für mich, noch einmal nachzuspüren, wie mein heutiges Ich so entstanden ist. Und auch noch einmal zu verfolgen, welche Umwege ich dabei genommen habe, um so zu werden wie ich bin. Für mich war das wie eine Forschungsreise in vertraute und teilweise auch in fast vergessene Gebiete. Es war für mich auch recht erstaunlich, wie präsent mit einem Male Bereiche wieder wurden, die ich kaum noch richtig erinnern konnte. Da loderte doch so manches Feuer, das ich längst erloschen wähnte und an das mich zu erinnern so richtig Spaß und Freude machte. „Stimmt", sagte ich mir immer wieder, „du hast wirklich schon viel erlebt in deinem Leben, und wenn du vielleicht mal ein bisschen entspannt sein könntest, würdest du auch recht deutlich merken und fühlen, dass vieles noch immer ein Teil von Dir ist."

Vielleicht hat sich manches Ich-Teil ja inzwischen mit anderen Teilen ein wenig verbunden, hat sich verändert, aber da sein wird es wohl immer noch. Wie bei der Energie, die geht ja auch nicht verloren.

Ich frage mich natürlich schon manchmal, ob ich die doch recht verschiedenen Teile wie in einem Puzzle wirklich gut kombiniert habe; passen die überhaupt zusammen? Habe ich da auf meinem Lebensweg vielleicht auch einige Teilstückchen eingesammelt, die ich besser draußen gelassen hätte? Und hätte ich manches besser einsammeln sollen, das ich nicht beachtet habe?

Wie sehen Sie denn eigentlich das Ganze? Können Sie da einen roten Faden, einen halbwegs gangbaren Weg bei mir sehen? Oder sind das für Sie Puzzleteile, die aus ganz verschiedenen Spielen stammen und so gar nicht zusammenpassen? Indianerrituale und Softietum, Kontemplation und Börsenspekulation, Steinkreise und Politik, Essgenuss und Visionssuche – passt das wirklich zusammen?

Und was genau kommt da eigentlich für ein Typ raus aus dieser Kombination?

Wer bin ich denn eigentlich in meiner verbundenen Mischung?

Bei dem was ich so zusammengetragen habe zu mir und zu meinem Ich, haben Sie vermutlich schon bemerkt, dass ich nicht so ein Routinetyp bin. Ich brauche Vielfalt, viel Vielfalt.

So habe ich bisher gelebt, so habe ich bisher gearbeitet. Und wenn ich den Eindruck hatte, in dieser Vielfalt werde ich eingeschränkt, wenn es mir zu eng wurde und ich keine Entfaltungsmöglichkeit mehr für mich sah, dann habe ich diese Grenzen irgendwann gesprengt – sei es nun in einer Beziehung oder bei meiner Arbeit. Glücklicherweise haben mir aber Menschen in beiden Bereichen oft die Möglichkeit gegeben, diese kreative Vielfalt zu leben.

Und so bin ich auch auf meiner Lebensreise Schritt für Schritt weitergezogen.

Bis mich dann unerwartet ein sehr einschneidendes persönliches Ereignis kurz nach der Großen Finanzkrise doch recht massiv aus dem Schritt brachte.

Die Gesundheit spielte mit einem Mal nicht mehr so richtig mit und auch beruflich wehten mich die Winde in neues Fahrwasser.

Eine spannende neue Reise begann.

Aber das ist eine ganz neue Geschichte, die ich vielleicht einmal an einer anderen Stelle erzählen werde.

Aber erst einmal war da ein gewisser Cut. Ich habe ein wenig inne gehalten und dann nach einiger Zeit einen langen Blick zurückgeworfen, um zu sehen, ob ich denn für die neue Reise überhaupt gewappnet bin.

An diesem Blick zurück in meiner bisherigen Lebensreise habe ich sie nun ja auch teilhaben lassen.

Immer noch ist in mir so ein Drang, der mich immer weitertreibt, wohin auch immer. Wo das genaue Reiseziel liegen wird, konnte ich damals noch nicht sagen.

Doch für diese neuen Herausforderungen war der Blick zurück doch recht hilfreich für mich, ohne jedoch ganz genau zu wissen, ob der Proviant, den ich bisher an Bord genommen habe, denn ausreichend sein würde für weitere Reisen in neue noch unbekannte Gebiete. Ich wollte mich ja schließlich nicht in einem Lehnstuhl ausruhen, sondern bisher noch Unbekanntes erforschen. Welche Schätze mich auf dieser Reise erwarten, welche neuen Puzzleteile ich vielleicht meinem Ich noch hinzufügen könnte, fragte ich mich damals. Spannend wünschte ich mir auf jeden Fall diese Reise.

Ein paar Ingredienzien würden mich sicher auf dieser Reise erwarten, da war ich mir sicher: Umwege, Fehlschläge, aber sicher auch das starke Verlangen, weiterzugehen. Auch war vor der Reise klar, dass unterschiedliche „Lockerungsübungen" sicher nicht schaden könnten: Achtsamkeit, Sitzen auf kleinen Bänkchen, Wandern in schöner Landschaft, Vertrauen in das Leben, Sitzen unter Bäumen, Freude und Gesang, Stehen auf Kraftplätzen, Fahrten auf Segelbooten in rauem Wind, Liebe zu Menschen, Optimismus und ganz viel Geduld.

Und dann war da natürlich auch die Gewissheit in mir eingepflanzt die Gewissheit, dass ich wieder all das erreichen werde, was ich wirklich von ganzem Herzen möchte, wenn ich nur vertraue: Das notwendige Geld für neue Gemeinschaftsvorhaben, immer einen Parkplatz und die letzten freien Betten im Ort

War damals sehr gespannt an welche Ufer mich die Reise bringen, wohin die Winde wehen würden.

Aber das ist dann – wie bereits gesagt - eine ganz neue Geschichte.